作者与原全国人大常委
会外事局副局长蔡临祥
先生合影

作者与周恩来总理秘书
古今明先生合影

作者与外交部驻埃及大使赵学昌先生合影

作者与中国香文化遗产保护委员会聂兴国先生合影

作者与新加坡著名作曲家郭永秀教授夫妇合影

作者在第三届韩江诗歌节上

作者在其第一部长篇小说《大山的守望》首发式上致词

作者在革命圣地延安

药王世家

YAO WANG SHI JIA

张速平 著

羊城晚报出版社
·广州·

图书在版编目（CIP）数据

药王世家 / 张速平著．—广州：羊城晚报出版社，2016.9

ISBN 978-7-5543-0341-2

Ⅰ．①药…　Ⅱ．①张…　Ⅲ．①长篇小说－中国－当代

Ⅳ．①I247.5

中国版本图书馆CIP数据核字（2016）第196263号

药王世家

Yaowang Shijia

策划编辑　朱复融

责任编辑　朱复融

责任技编　张广生

装帧设计　友间文化

责任校对　杨　群

出版发行　羊城晚报出版社

（广州市天河区黄埔大道中309号羊城创意产业园3-13B　邮编：510665）

网址：www.ycwb-press.com

发行部电话：（020）87133824

出 版 人　吴　江

经　　销　广东新华发行集团股份有限公司

印　　刷　佛山市浩文彩色印刷有限公司

规　　格　787毫米×1092毫米　1/16　印张11.5　插页2　字数160千

版　　次　2016年9月第1版　2016年9月第1次印刷

书　　号　ISBN 978-7-5543-0341-2/I・288

定　　价　32.00元

序

富于传奇性，展现时代风云的作品

◎温远辉

张速平先生创作的长篇小说《药王世家》即将付梓，我当然感到由衷高兴。向他表示祝贺的同时，除了对他的新作产生了好奇之外，更为他具有那么丰沛的精力和创作力而不禁心生感慨。

2014年，差不多也是这个金秋的时节，速平先生创作了平生第一部长篇小说《大山的守望》，并嘱我作序。2015年1月份，在他的老家汕头市召开了这部作品的首发式，反响很好，许多文友为之高兴喝彩。因为在大家眼中，速平先生既是一位企业家，也是正直磊落敢于担当的人大代表，更是热心公益与文化事业，有慈悲心有文化情怀的热心人。他热爱文学，多年来默默砥砺，长篇小说《大山的守望》便酝酿多年，终于破茧而出，不仅了却个人夙愿，也成就一段文坛佳话。初战告捷，大大激发了他的创作激情。他和我说，他还有许多素材，也是思考琢磨了好些年，想趁热打铁，早点写出来。我听后，自然为他鼓劲，自然要他快马加鞭，掸掇一番。但我心下以为他不过是一时的激情表白而已，真的要写，没个三年五年的软磨硬泡，是难于见到成果的。

其中原因，当然是他太忙，分心的事太多。我知道，他虽然已年过五旬，但总是神采奕奕，自然还可算是属于年富力强的。但是，毕竟要管理公司打理生意，又要尽职尽责履行人大代表的职责，何况，他还是并不多见的省、市、区三级人大代表，何况他行事又特别认真。譬如，不管哪一级的人大会议，他都提出议案，为此，他都要一丝不苟地进行调研，广泛收集材料，咨询有关部门，请教专家，与同行探讨，认真撰写提案。他针对粤东一条名叫练江的主要河流，污染严重却长期整治不力的现状，持续地大声地呼吁，并富于创意地提出“引榕济练”的引流去污的整治方案，获得采纳并取得明显成效。所以，他被媒体和老百姓称呼为“明星代表”，夸他做到了“传递百姓声音，促发展惠民生”，是真心实意、实实在在做好事。这些年，我所知道的他的调研项目和提案，就包括环境整治、河流净化、交通运输、金融创新发展、设立资金中心等等，涉及的领域跨度大，话题敏感，甚至尖锐，难免触动“别人的奶酪”，遇到的阻力和非议不少，但他都不为所动，坚持了下来。除此之外，他还特别热心公益事业，抚恤助学，关心留守儿童，为西南山区捐资扶贫，等等。幸好，他充满了激情，他的每一寸时间每一点空间都洋溢着激情，神采焕发。在这方面，体现了他的认真，以及韧劲，当然，也展现了他的人格魅力。

长篇小说《药王世家》的素材，速平先生和我说起过，是他在西南山区扶贫时交上的草药世家朋友，多年来对他掏心窝子讲述家族故事，并传给他祖传的秘方。我当时听后既惊奇又感慨，这是难得的奇缘和善缘啊。不曾想，不出一年的时间，速平先生便熬时费神将它创作出来了，由此可见这个题材在速平先生心中的分量。

小说运用倒叙手法，通过药王世家后人的回忆，叙述了太爷和爷爷两代药王的传奇故事，表现了草药在医治顽疾恶病、救死扶伤上的神奇疗效，以及在我国民间在老百姓心目中的重要地位，反映了民国时期兵连祸结、匪患无穷、民不聊生的社会现实，揭示了行业兴衰、家族及个人命运受制于时代和国运的思想内涵，传达了作家对传统文化的关注和热爱，以及如何将它们传承下去并发扬光大的期待之情和严肃的文化思考。

这部作品很好读，情节丰富，故事性强，一环扣一环，小高潮不断，语言简洁流畅，饶有趣味，人物个性鲜明，形象生动，既有传统话本小说的韵味，又有现代小说注重时代氛围、人物环境偶发性影响因素，以及人物心理展示的审美愉悦。大量的中药或曰草药知识，和诊病疗疾过程的描述，恰如珠玉闪烁，让作品倍添奇异魅力。

首先，小说具有传奇色彩。它包括两个方面，一是人物命运的传奇，二是草药治病疗效的传奇。主人公太爷祁先达生相奇特，身材矮小，不过一米五，但天赋异禀，身怀绝学，作为太平天国军医药王世家的传人，秉持家风，隐居川北崇山峻岭之中，从不挟技牟利，而是崇尚“医者大德”，怀揣慈悲之心，为贫苦百姓疗疾救命。为此，不避危难，不辞甘苦，终日翻山越岭，于悬崖深壑处采摘药草，亲炙汤药，甚至，为达到最佳疗效，还以身试药，主人公命运的结局就是悲壮地倒在试药上。祁先达的一生坎坷曲折，起起落落，在生与死的边缘来回折腾，却总能置之死地而后生，创造出精彩的结果。他因救治被蛇咬伤的邓松山，而结识美好姻缘，抱得山妹子香芒归；又因医术高名声在外，被土匪掳入匪窝，好不容易脱离匪窝，又被军阀强行困在军营，最后被拉丁从军，远离故土亲人，不知所终。爷爷祁承宗的命运同样富于传奇色彩，千里寻根，路上也被拉壮丁，后来行医采药时被日军俘虏，在劳工营配合八路军杀敌立功后，却又身陷魔窟，最后参加八路军，走上革命队伍。随着两代名医命运的叙述，故事的展开，主人公一次次妙手施医，将草药的神奇也一次次展开来，每一次的采药和疗治过程都是传奇的过程，将主人公的医术、救死扶伤的美德和人性的光彩淋漓尽致地传达出来。小说中，经主人公医治的奇难杂症就五花八门，让人眼花缭乱，仿佛一部生动精彩的中药救治实施教科书。如蛇伤、风湿瘫痪、水肿、肾积水、肾脓肿、中风、冰人症、急性痢疾……医治的手法也是各有其巧，什么南瓜子治血吸虫病，罗布麻降血压，三丫苦、羊蹄草和两面针口服止痛，王不留行、刘寄奴、银花藤等外敷止痛消炎……草药的神奇，不仅在于要讲配伍、剂量，更重要的是主药使用，不仅讲究产地，还讲究采摘时间，还有药引的使用，等等。比如，什么“千钧吊”、“山萸枝”、“七叶一颗珠”、“荔枝核”“瓦片焙百花蛇”、“返魂草”……等等。速平先生在这方面积累了多少知识啊，下了多少苦功呢！而这些，正是小说使人信服、令人着迷的坚实基础，也是人物形象能够挺立起来的根本所在。

其次，小说具有英雄行事的味道。这部小说的主人公其实是很平民化的人物，是很普通的芸芸众生中的一员。我颇欣赏速平先生在创作构思时，将主人公的位置和脾性、心态都放低，将主人公当作平凡人普通人来看待和表现，最终是于平凡处写出人物的英雄行径、英雄气质和英雄神采。祁先达和祁承宗父子身上都没有英雄情结，相反，他们是不想成为英雄的人，他们也怯懦，害怕死亡，不愿惹事，只想安安稳稳过日子，也有“宁做太平犬，不做离乱人”的草民式的想法，悲剧式的命运，甚至让他们做出“世代禁行医”训令。但时代和环境，人生的种种遭遇，他们善良、忠厚的品性，为医者的慈悲情怀，让他们一次次挺身而出，直面艰难危恶，甚至孤身犯险，行英雄义举，彰显英雄气节。祁先达在迷途中，主动救治全村的“人瘟病”。祁承宗在异乡，路遇病入膏肓即将被活埋的病人，也是发慈悲怜悯之心，主动揽事，发愿医治，最终医治好一村人的顽疾，救活全村人的性命。在劳工营里，祁承宗也是冒着生命危险，凭着医术，机警地和日寇周旋，配合八路军，出色地完成了捣毁敌人细菌施放阵地的壮举，成为抗日英雄。祁承宗的孙子祁石生，知恩图报，为救恩人洪水生的性命，不惜违背“世代禁行医”的祖训禁令，重新翻出祖传偏方，上山采药，及时赶往千里之外的潮汕平原，妙手施救恩人，成就一段新的佳话，为未来的新的发展留下了伏笔，也让这部小说有了一个完美的令人充满期待的结局。可以说，小说的人物，性格突出，形象鲜明，尤其是主人公，栩栩如生，具有个性化色彩，充满正能量，读来让人深刻印象。

再次，小说具有悲情倾向和悲剧意味。长篇小说的要义在于讲述人物的命运，描绘人物的形象和性格。而时代和生活环境是决定人物性格和命运的决定性因素。《药王世家》主人公生活的时代，恰逢民国时期的那段乱世，先是军阀混战，匪患频仍，后来是日寇入侵，国家动乱，民不聊生，草民的一点点对美好生活的追求和期望，都会被现实无情地粉碎。所以，在这样的年代，欢愉总是短暂的，明媚也总是局部的，苦难、不幸和悲伤，总是如影随形，无法祛除。人的一生，只能是和苦难抗争，和不幸搏斗。正是这样的抗争和搏斗，才显出了人物的传奇、人性的奇妙和伟大。所以，一串串苦难悲惨的故事，使小说的基调不免沉郁和悲情，难得的是，因为主人公形象的光彩，让小说明亮清峻起来，让阅读成为一次愉悦之行。

还有，小说具有文化反思的因素。众所周知，我国传统文化里有“四大国粹”之说，“四大国粹”指京剧、国画、武术和中医。他们源远流长，凝聚了一代又一代人的心血和智慧。有学者断言，中国文化最能走出国门为世界接受的，就是中医中药，目前国内国外兴起的中医中药热，就说明了这种发展趋势。当然，西医传入中国后，尤其在民国时期，对中医中药的争论就不曾停止过，支持者有之，反对者亦有之，捍卫者不少，反对打倒者亦大有人在，极端者甚至要彻底取消中医中药，将它们扫进历史的垃圾堆。反差如此之大，盖因中医缺乏充足的科学的药理分析，又因为传承的方式是封闭形态的，加上中医的诊治方式过于复杂，许多地方是只可意会不可言传，玄之又玄，莫测难懂。中医的诊断依赖“望、闻、问、切”四术，其治疗手段和人体经络、阴阳五行、寒热虚实、内外表里的辩证分析分不开。没有相当的国学根基，没有对人体结构的深入了解，没有丰富的草药知识，没有对人心人性的深刻理解，没有长期的问诊经验，不能把握“运用之妙存乎一心”的真谛，是不可能成为名医的，也无法真正懂得中医。几千年来，我们祖祖辈辈传宗接代、救死扶伤，依靠的就是中医。中医创造出许多奇迹，演绎出多少精彩纷呈的故事，值得大书特书，值得传承发扬，值得学者深入研究，也值得文艺家们用各种艺术形式去关注它们，表现它们。速平先生用自己的笔，做出了自己有益的尝试，表现出他对中医的一腔深情，也表现了一个当代作家的敏锐和良知。值得我们为他喝彩。

这部小说，读起来有畅快之感，也有意犹未尽之处。我以为，原因在于篇幅还是嫌短了，这可能和作家的创作时间有相当关系。对速平先生而言，他只能抽暇来创作，时间的不宽裕，限制了他对故事的充分展开，好像高潮刚刚到来，故事就戛然而止了，实在叫人意犹未尽。此外，情节的发展也呈直线单一，基本围绕着主人公来叙述，前半部是围绕着太爷祁先达，后半部是围绕着爷爷祁承宗来展开，没有随着人物的不断出现而自然荡开，旁枝斜出，各有天地，如同传统话本小说里常说的“花开两朵，各表一枝”，多线头发展，又纠缠环绕，好戏连连，叫人目不暇接，大呼过瘾。而且，传统话本小说在结构布局上，又有什么“草蛇灰线法”，“绵针泥刺法”，“弄引法”，“夹叙法”，什么伏笔照应，悬念巧合等等，都是极尽机巧的。这部小说有章回小说的韵味，但结构上未能充分放开，显得拘谨了，这是它的未能尽人意的地方。譬如前面第五章有一处情节荡开了，就是表姐丁翠花在表妹邓香芒与祁先达的喜宴上，因为爱慕祁先达，和表妹争强斗气，故意打扮得像新娘一样，结果阴差阳错，被山贼误以为是新娘子而错掳上山，成了土匪头子罗流江的压寨夫人。其命运之坎坷不幸，其人生之悲喜交集，令人唏嘘，令人啼笑皆非。遗憾的是，这样放开来写的情节并不多见。

此外，中医要了解人体经络，注重阴阳平衡，行气聚能，所以，传统的中医师常常也是练家子，借武术来强身健体，探究人体机能。另外，行医要行走江湖，要在荒郊野岭采药，会个三拳两脚也好防身。所以，旧小说里，行医者和武术家就常常给搅和在一起了，既可以突出行侠仗义、解民倒悬的宗旨，又可以精彩斑斓，情节紧张好看，场面可观，既取人性命又救人性命，符合阴阳相生之道。但在这部小说里，基本无涉武术，两大主人公虽然都有行医济世的绝学，却都是普通草民，无法掌握和支配自己的命运，只能等待上天的垂顾。小说只专注写乱世中的行医施善，脉络分明，色调也较单纯。我不知，速平先生是怎样考虑的，是否不愿武术的介入，而保持中医一脉的单纯，也保持作品风格基调的单纯。这也未尝不是一种好的构思选择。但我还是更渴望阅读情节复杂一些的作品，毕竟会更过瘾一些。另外，我私底下也想，如果小说也写到武术，那速平先生会不会也将中医药理和经络、五行联系起来思考探究呢？速平先生会思考到什么程度呢？探究到什么境界呢？这么想一想，不免有趣起来。当然，这些在这部作品里是不会出现了。这不过是我的一点私心盘算。

总的来说，速平先生的这部小说，在创作技巧和手法运用上是更加娴熟，更加运用自如了。按照速平先生目前的心劲和创作势头来看，不用多久，他又将推出新的大作。我希望这部小说能够带给他更大的信心，让他创作的技艺更上层楼，也期待能够早日读到他的下一部力作。

2016年9月于广州

温远辉　著名文学评论家，广东省作家协会原副主席兼秘书长，现任羊城晚报报业集团副总经理。

目录

「第一章　火海急救人，施药讲家史」

地处潮汕平原的阳沙镇，刚刚下过七天七夜的滂沱大雨，水浸这个工业小镇七天七夜。水灾刚过，又起火灾，水火啊，不相容！

洪水刚刚退去，阳沙镇港星制衣厂却陷入熊熊烈火之中。失火工厂是当地农民阿昌和港商合作的工厂，一楼是仓库，二楼制文胸，三楼制衣，四楼是宿舍，而今烈火浓烟中，哪层楼都分不清了。烈焰升空之时正值中午，电子厂老板洪水生恰好路经此地，欲往汕海见客户。忽然发现前方人山人海堵在马路上，又见路旁一工厂黑烟滚滚，烈焰升空。

“哇！不好！下车，走！”他叫司机熄火停车。

“救人……”他大吼一声，冲向火海，司机紧跟在他身后。

瞬间，浓烟滚滚中，人们只见一个大汉背着一个工人冲出火海放下地，回头又冲进火海……

这大汉共从火海中背出四个人，二男二女。当他直起腰再次想要冲进浓烟火海时，倒下了。大汉倒下了，他头发着火，两臂都是水泡。

“洪总，洪总……”他的司机四处寻找洪水生。

“我，我……”洪水生有气无力。

“洪总……”司机冲过来扑在洪水生身上，“洪总啊！你的衣服烧成灰了啊！你何苦，何苦！这又不是我们厂……”

瘦小的司机想抱起自己的老总，众人见状，忙上前帮忙扶起这个不要命的“水生”仔。

“水生仔你……”洪定贤老人走上前抚摸着种田能手水生仔……

洪水生是阳沙镇有名的种田能手，外号“插秧机”。阳沙镇以前叫沙垅圩，不叫镇，是个地道的农业小镇。这里的农民大都是种田能手，六十年代，水稻亩产已经过千斤，是有名的“千斤乡”。虽然水稻年年丰收，然而人多地少，年年都闹饥荒，平均每人四分田怎么过？丰产乡的人民饥肠辘辘啊！

八十年代党的政策好，改革开放的春风吹到了阳沙镇，阳沙几乎家家户户有人在香港地区和东南亚各国营生。国内改革开放的东风也吹进了侨胞们的耳朵，他们纷纷回乡办厂，一时间阳沙工厂有如雨后春笋，遍地开花。

当年，洪水生看见许多人偷渡去香港，也心动过，但是他想：我是个独子，如果去了香港，老父老母谁来奉养？于是，他收下了那几户偷渡去香港的村民田地耕了起来，每年把口粮送到他们家，洪水生一人耕了五户人家的十亩水田，年年丰收。

改革开放了，当年逃港的几位邻居回来办厂，一起投资给洪水生办了个电子厂，专门生产电脑配件。在那个年月电脑是最先进的工业，洪水生打拼了三年，在汕海各地办起了八个分厂，插秧能手变成了电子大王。

电子大王每年为阳沙镇办学修路捐资都过千万元，所有六十岁以上老人每人每年发养老金一千元，洪水生从电子大王变成慈善家。而今，一场与他无关的大火，使洪水生又变成了救人英雄。

英雄也是人，是血肉之躯，洪水生烧伤面积达45%，躺在市医院里昏迷了。

陪在他床边的是五十多岁的外来工祁石生。祁石生是这个失火工厂的员工，他与洪水生素未谋面，家在川北山村，夫妻和儿子同在此工厂打工。洪水生冲进火海救出了他的妻子和儿子。妻儿得救了，只是轻度烧伤。而今，素不相识的大老板却烧成重伤，祁石生日夜守护在他身边，不敢离开半步，恩人啊！有钱人啊！你为什么这般善待外省的穷工人……

身高一米八，体重一百九十斤的大汉洪水生而今蜷缩在病床一角昏迷着……

这天洪水生“嗯”了一声，醒了，浓眉大眼的洪水生而今眉头紧皱。一天，两天、三天、四天……一天天过去，洪水生度过了危险期，一次、两次、三次，祁石生每天为洪水生翻身三次。“植皮！需要植皮……”洪水生被推进手术室，从大腿上取下两大块皮，植在手掌手臂上。洪水生再次进入危险期。

那天，护士为洪水生背部换药，揭开大椎上的纱布，祁石生发现洪老板的大椎下面长着一块脚指头粗的东西。

“洪总，你这是长了什么？”

“医生说是良性骨瘤……”

“我看看……”祁石生伸出右手摸了又摸。

“你懂什么？摸什么？”护士白了他一眼。

“不对，洪总，不是骨瘤！你这块东西有八……”祁石生断言说。

“对啊！八年多了，你怎么知道？”

“不对，九年多了，开始是一粒米大，你不注意，等你发现时已经逐步增大了……”祁石生认真比画着。

“对对对！太对了，你怎么知道？你懂……”洪水生坐了起来，瞪着祁石生问。

“洪总！你这块东西不是良性的，要赶快治疗，再不治来不及了。最近你是否感到头昏眼花，失眠，脖子不灵活……”

“有啊！两年多了，看过许多医生了，查不出病因，你怎么知道……”

“洪总，现在你的伤情好了大半，我让儿子来陪你，我回老家处理一下家事，几天就回来……”

“好。来，小姚！”

洪总把司机叫了进来，耳语一番。少顷，司机拿着个大信封交给洪水生。

“来，祁师傅路费……”洪水生把大信封塞祁石生怀里，“这里有一万块钱你先用……”

“不，不用……”祁石生把信封推了回去，转身冲出病房。

夜深了，祁石生坐在床上抱着一个乌黑的小木牌子，辗转难眠，想了许多许多。该不该违背祖训禁令呢？我明知洪总长的是毒瘤，我知道用什么药，可是我不能啊！我不能对不起“文革”中冤死的老父亲啊！不能违背祖训啊！怎么办？“良心”，“破禁”，像两个小人儿在祁石生脑海里打架，百爪挠心……

祁石生经过一夜的痛苦挣扎，决定违背祖训，抢救恩人洪水生。

不然到那时，高大英俊的洪总将成为一个废人啊！不能不能，不能啊！

天未亮，他把父亲给他的那个“世世代代禁行医”的牌子抛到脑后去了。

“管不了许多了！”祁石生知道要去哪里采什么药，其中最重要的主药是“千钧吊”。千钧吊只有端午节前三天后三天才能采到，大山里鹰吊石后面那块湿地有这种特效药。只有在这六天里，才能找到像葱一样的苗苗，苗苗下面结着一颗手指头大的药头，轻轻拔起药苗，千钧吊便能拔了起来。

祁石生一下车便直奔大山，今天是端午节过后第二天了，刻不容缓。他带着一包饼干，日夜不停，终于在端午节后第三天中午赶到鹰吊石。

“还好！”千钧吊药苗开始变黄，明天就要倒下了，到那时如何在乱草丛中找到药苗啊？

祁石生快手快脚拔下了一百多苗。捡到一百多粒千钧吊，接着又去找“鸟不企”、两面针、蒲公英……

日头快落山了，山那头的天边映现着乌云，快走快走，天要下雨了。

祁石生用手捧起山泉水喝了几口，忙下山直奔市火车站，救人如救火啊……

一天一夜的火车，祁石生饿着肚子，连夜煲药。天亮了，祁石生提着装有汤药的保温瓶，拦了一辆机车直奔医院。

“洪总，快，快喝这汤药！”祁石生打开保温瓶，用瓶盖装了一口，自己先喝下。

“你，你，你回家乡就为这个……”洪水生含着热泪，呆呆地望着眼前一脸疲乏的祁石生。

“快喝吧。祖传特效药，信我吧！”祁石生恳求着。

“信信信……”洪水生接过药汤，扬起脖子“咕咚咕咚”地喝完了苦涩的珍贵药汤……

洪水生出院后继续喝祁石生煲的草药。一天，两天，三天，一天天过去，奇迹出现了，洪水生那肿块一点一点缩小了。

“不痛了，不痛了……”洪水生转了转脖子，喃喃自语。

洪水生把祁石生拉到家里，亲手做了一桌子潮汕菜招待一番，他们俩面对面坐着。

“石生，你会行医？”洪水生给祁石生夹上一块红烧龙虾。

“我……”祁石生欲言又止。

“我真想知道啊！”洪水生紧紧追问。

“哎！说来话长，从我太公说起吧，有家史记载。”

原来，祁石生是广西十万大山附近的人，世世代代采药行医，太公祁先达是太平天国随军行医老太祖的后人，那个年代没有医院，靠上山采药救治伤病员。太平天国失败后，老太祖为了逃避官兵追杀，落脚于川北鹿回头大山中。当年许多天国散兵都在此落脚，开荒种地。太公祁先达在这里出生了，就从太公说起吧……

祁石生的太公身高只有一米五左右，外号矮医仙，长年于山中采药不归家，他继承先祖遗业，悬壶济世，为山里穷人看病施药，赚些米粮糊口。他年过四十尚无妻室。那年春天，春光明媚百草青，百虫复活，祁先达正在石山脚采药，忽然听得身后“哇”一声大叫，那是号叫的声音。

“不好……”祁先达转过身子抬头一望，一个白发老汉倒在地上号叫着，祁先达慌忙奔了过去，扑在那白发老头大腿上。不好！毒蛇咬了！他慌忙解下腰布，绑住老头腿部被蛇咬伤的上方，又在旁边找到一株青草，摘了几叶，放进嘴里咀嚼着，然后吐出来，用口吸了吸伤口的血水，把那咬碎的青草，敷在伤口上，又从外衣下摆撕了一条布条绑上。

“能走吗？”祁先达扶起白发老头。

“谢谢恩人。我能走……”白发老头颤颤抖抖地站了起来，但是只走了两步便又倒下了。这白发老头太老了，有七十岁吧，脸青嘴唇白。

“背上你！”祁先达说。

能吗，这白发老头又高又大，足有一米八，一米五小老头背一米八大汉，行吗？

“行！”祁先达长年爬山采药，力大着呢！就这样背一阵扶一阵，跌跌撞撞，把白发老汉送到山脚的家里……

白发老汉叫邓松山，住在山坡下一座木房子里，屋前有一条小溪。邓松山那天上山种苞谷，让百步锦毒蛇咬了，幸得遇上草医祁先达救了他，把他送回家。

祁先达扶着邓松山推开木栅门时，迎面遇上一位大姑娘。祁先达举头望去：哇，这姑娘粗眉大眼高鼻梁，厚厚的嘴唇，黝黑的长脸膛，脑后一条又粗又黑的辫子。姑娘一笑还泛起两个小酒窝。

“爹爹！”姑娘甜甜的声音。

“这……”祁先达退到邓松山老人身后，望着那高过他一个头的大姑娘发呆。

“那是我女儿。香芒啊，快过来谢过爹爹的救命恩人……”

于是，邓松山拉着祁先达进木屋坐下，一五一十给女儿讲述在山上被毒蛇咬，生命垂危，幸遇救命恩人祁先达的经过。末了，吩咐说：“香芒啊！快快做饭，捞一块腊肉……”邓松山吩咐女儿招待祁先达。大山深处的人家总在过年时把养一年的猪杀了泡在茶油缸里吃一年。

邓香芒麻利地转过身子，做饭炒菜，腊肉香味飘满木屋。

吃饭时，只见邓松山老人从木屋里间扶出一位弯着腰，扶着拐杖，一步一停，举步维艰的男子汉。

“他是……”

“哎呀，恩人啊！惨啊，他是我的儿子，都二十八岁了，得了这个风瘫病，你看……”邓松山说着老泪纵横，祁先达上前扶着这个病恹恹的青年。

“可惜可惜，有年头了吧！”祁先达皱着眉头问。

“有了有了，都十年了……”邓松山无奈地摇着头说。

祁先达细心观察着这个被类风湿折磨成废人的汉子……

「第二章　深山传情」

祁先达五短身材，人矮手短，脚短头大，眉粗，尖鼻，尖下巴，圆圆小眼却绽放着光芒。

邓松山在自家屋旁边给他搭了间小木屋，有四十多平方，算是安家了。祁先达这几天都给邓松山那个生病不能行走的儿子邓桐林把脉查病因，组方定穴位。半个月过去了，祁先达定下了药方和针灸穴位。

首先用汤药。鸡骨香、入地金牛、九里香、寮刁竹、水田七、鸟不企、七叶一枝花、两面针、秦艽、独活、白花蛇、大驳骨、大罗伞、山木香、穿破石、九节茶等十八味草药，分别组合为浸酒和煲服两用。

接着，祁先达又列出针灸穴位：从脚底涌泉起，太溪、悬钟、三阴交、足三里、血海；双手为合谷、内关、曲池、手五里、肩隅；颈部为大椎、风池；背从环跳起到肾俞、命门、至阳等。分成三组，每日施针一组……

从此，祁先达总是要背着小背篓上山采药，晚上回来手把手教邓香芒制药泡药煲药，为邓桐林施针。

一个月后邓桐林脸色红润，身上不疼痛了，眼睛有神了，扶着椅子可行走了。

“医仙，神仙，你……”邓松山激动地抱着祁先达，此时待他定睛一看：哇，祁先达头上有几处血迹，到处是伤痕。

“药仙呀，你冒着生死为我儿子采药……”邓松山老人泣不成声，他想来想去没有法子，只好想到驴当马使了。

他又问：“先生可有妻室儿女？家住何处？”

祁先生答道：“旧家广西，但先祖已搬迁川北，我终年在外采药行医，无妻儿家室……”

“噢！是这样，阿香芒，你从明天起陪先生上山采药，帮着点。”邓松山点了点头，继而招呼女儿香芒。

“噢！”邓香芒笑嘻嘻地望着祁先达回答，“哥！我也上山采药，你要教我啊！”

“这自古不兴啊！姑娘不得上山采药的，那药都长在石壁、石缝里，险啊……”祁先达没有想到邓大爹竟敢冲破姑娘不上山采药的行规。

“不计较了……”邓松山拉着祁先达深情地说，“你为了我儿子弄了一身伤痕啊！我还计较这闺女山规么……”

“是嘛！山规是死的，人是活的，先达哥你带我上山教我吧！”邓香芒拉着祁先达那一双满是伤痕的手说。姑娘又大又圆的眼睛忽闪忽闪，忽地滴下两颗豆大的泪珠。

“这不，你为了我弟弟。看呀，弟弟都会下地了……”邓香芒轻轻地说。

从此，祁先达和邓香芒，一高一矮，一男一女，背着小背篓，天亮出门上山，摸黑回家，出双入对，恰似一对情侣。

“达哥，你等等我啊！”邓香芒虽然个头比祁先达高出一个头，但是祁先达登山路如履平地，像猴子般灵巧地攀爬在山山岭岭之间。大姑娘很少上山，只在木屋后山种种菜，哪里跟得上。

“等等我……”邓香芒气喘吁吁地追赶着十几步外的矮个子医生祁先达，祁先达无奈地回头望了望满脸通红的邓香芒，却忽然发现左边巨石上的石缝里长着几颗“还魂草”。

“哟，稀罕！”祁先达顾不得去看邓香芒了，他一个箭步冲到巨石旁看了一会儿，然后手抓住突出的石笋，脚蹬石缝。刹那间，祁先达攀上了巨石半腰，腾出右手“唰唰唰”拔下那石缝的青草往下扔。

“你帮我捡好，看清了，别看漏了啊，这药难得……”祁先达边拔草药边说。

“哟呀！哟哟哟先达哥……”邓香芒抬头望去，吓得张开大口：那祁先达像只壁虎贴在石壁上……

“险呀！先达哥……”邓香芒双手遮住大眼睛，从手掌缝中看出去，一额汗珠儿。

“扑哧”一声，祁先达从丈多高的石壁上“飞”了下来，在山坡草地上打了个滚。

“没事，惯了。今天运气好，来，把还魂草给我。”他从邓香芒手中拿过那几棵青草，从小背篓找出一根小绳子，把青草小心翼翼地扎好，好像是对待珍珠宝贝。

“先达哥，这小青草稀罕？”邓香芒迷惘的眼神望着祁先达那双滴着血水的手掌心。

“稀罕，稀罕，太稀罕了！一年之中只在中秋节前三天后三天才存在，早几天未出青，后几天又被霜打枯了。你着，多粗壮，生长在石缝一点点沙土里，救命仙草啊！”祁先达说得眉飞色舞，兴奋异常。

“哦！有这么宝贝啊……”邓香芒感到莫名其妙。但是她看着面前这个又矮又丑的祁先达，情愫莫名而生……

“先达哥，这些天采了这么多药都有什么用法，我都不明白，你好神好神啊！”

“你不懂，我这是祖传。”祁先达头也不回，冷漠地说。

“祖传怎个传法？”

“一代传一代……”

“一代传一代，几代了，传我弟吗？”

“祖训不传外！”

“我呢？”邓香芒试探的口气。

“传男不传女，况且你又不是祁家人。”

祁先达还是那么冷漠。

“如果，如果我是你祁家人呢？”邓香芒满脸通红，低下头问。

“那，那也不传，祖训不改……”祁先达回过身仰头望了一眼站在他身后的高大姑娘，有点无奈。

“噢！那成了祁家人也没啥用了？”邓香芒不满地说。

“那那那……”祁先达欲言又止。

“那什么？可以破祖训？”

“不，那不可以！只要……”祁先达不好意思地低下了头。

“只要什么？什么？”邓香芒打破砂锅问到底。

“唉！怎说呢？那要是女人为祁家生了儿子，肯定传，我不是说你……”祁石生说着快快走向山林。

“噢噢……”邓香芒忽然羞愧万分，但是她下了一个决心：我非要得到你的秘方！邓香芒这会儿不是想嫁祁家生个儿子，她只不过想偷师。怎么偷呢？她也未曾想出个偷师的法子。这草药医师太好了，救人于一命，脱人于苦痛，我要是……

邓香芒想入非非……

一男一女，一高一矮，行行走走，上了枫林山。枫林山被一片茂密的枫树林覆盖。他们绕过石山发现一个山洞，这时日已正午，两人便进入山洞歇脚。邓香芒从小背篓里掏出一个小布袋，打开布袋掏出两个煮熟了的玉米棒子。

“吃！”邓香芒塞给祁先达一个。

“噢！”祁先达接过玉米棒子正待剥去外壳开饭时，忽然，他停住了手，两眼直瞪着洞口的石缝……

“慢！”他把玉米棒子扔给邓香芒，扑地一个翻身滚到石板下，一手伸进石缝。

“哇！就差你了呀……”祁先达大叫一声。

“什么，差什么……”邓香芒惊愕地上前问。

“看！”祁先达右手一甩，从石缝里抽出来晃了一下……

“什么？蛇，白花蛇……”

“哇！妈呀！”邓香芒吓得往后一退，跌坐在山洞石板上。

“别怕嘛！没有毒啊！”祁先达右手拇指和食指之间夹着两条手指头粗的花白小蛇，蛇很凶，呼呼地伸着小信子。

“你做甚啊！快快扔了出去，快快……”邓香芒吓得不敢看，扔掉玉米棒子，双手捂着眼睛。

“宝贝啊！哪能扔！”祁先达走到自己那个小背篓跟前，从里面掏出一个小布袋，打开布袋，把两条凶猛的小蛇装了进去，扎紧袋口。

“快快开眼，没事了。”他上前去拉了拉邓香芒的右手。

“别！你扔了吗？”

“装入袋了。”

“要来做啥？”

“你弟弟的脚筋至今抖不开就差了这小蛇啊！”

“你让我弟弟吃蛇？”邓香芒松开手了，望着这个连蛇都敢玩的小矮子。

“哪能呢？这叫白花蛇，活络筋骨的宝贝药材啊，浸到酒里，喝蛇酒啊！傻丫头……”

“噢！吓死我了。”

“吓？我找了一个多月了，今天才找到，不然，你弟弟早能站起来了。”

“哇！有这么灵啊！”邓香芒用敬畏的目光，望着矮小的祁先达，一股爱意油然而生……

傍晚，回到小木屋，祁先达在自己的小木屋里泡制白花蛇干。忽然他发现少了一样东西。

“香芒，香芒……”他边走出小木屋边喊。

“香芒，祁医生喊你哩！”邓松山大声呼叫正在木屋后面厨房里做晚饭的邓香芒。

“啥子事吗？”

“医生喊你啊！”

“噢！”邓香芒走到小木屋门前。

“你找我？”

“有梯子吗？”

“干啥子啊！”

祁先达举着手，指向邓香芒木屋顶。

“你要上房？”

“嗯！”

“做啥子！”

“瓦片！”

“你要拆我房顶，哼！”邓香芒气愤地扭转身子回到屋里。

祁先达追了上去：“我只要一片，一片……”

“一片，你要我儿女一片什么？”邓松山不明就里，误以为祁先达看中了女儿身体。

“你，可恶……”

“不，不对，我要这个一片……”祁先达指着屋顶。

“你要屋顶一片……”

“瓦，瓦片，对，这深山只见你一座瓦片屋顶。”

“噢！”邓松山如梦方醒，“你是要我木屋顶的瓦片，一片？”

“制药用。”

“那好！”

于是邓松山搬来梯子，上了房檐取下两块瓦片，递给祁先达，接着走进祁先达的小木屋看究竟。

只见祁先达用三块山石砌了个小炉灶，小灶膛里烧着干树枝，他把小瓦片架在小灶上烤着。然后拿着两条盘成圆盘形的白花蛇，用竹签穿着放在烧热的瓦上。“咝咝……”白花蛇挣扎着升起股白烟。不一会儿，白花蛇不动了，祁先达用铁钳翻转着白花蛇，直到烤干。

“没法子，大爹呀！本来这白花蛇是风干晒干，可时间来不及了，你那儿子急于用药啊！”祁先达说着，从床底棒出一个小瓦缸，打开盖，把烤干的了白花蛇扔了进去，“嗞”一声响，冒出一股药酒味儿。

“这药酒我浸了半个月啰！只等这白花蛇，你儿子就站直了……”

“噢！仙啊，药仙……”邓松山惊叹得直拍胸口。

“爹啊！先达哥呢？吃饭了！”银铃般的声音飘进祁先达的小木屋，人未到声先到，邓香芒匆匆走进来，继而闻到一阵怪味。

“什么味啊！”她上前一看，“哇”地大叫一声，质问正在火炉瓦片上翻烤第二条白花蛇的祁先达：“你烤蛇吃？哼……”

“哪能吃啊！”

“那你今天捉蛇是为了这样烤着吃？”

“不是啰，香芒，制药制药。”邓松山忙拉开女儿解释着。

“是制药还是肉？你这人心……”

邓香芒不信了。祁先达抱来药酒缸，打开，把烤干了的白花蛇扔进去，一阵药酒味冲鼻。

“有了这药酒你弟弟才能站直啊！”祁先达背过身去不紧不慢地说。

“我还以为晚餐烤蛇肉哩，先达哥我误会了你……”邓香芒上前拉着祁先达的手摇了摇，撒娇地说。

“吃饭吧，医生……”邓松山看见女儿拉着祁先达，心里明白了，女儿离不开这个草药先生了，好啊！好啊！邓松山心里早有主意：把祁先达招婿入门，办个草药铺，荫益方圆几十个小山村，留住他……

邓松山这个主意也为祁先达在这片大山里的挣扎，埋下了深深的根……

「第三章　不速之客」

邓桐林的病虽然初有好转，但是类风湿多年，久病缠身，不可能一日而蹴。最近发现肾脏亏损严重，肾衰引发前列腺肥肿，小便不畅，总是一滴一滴，无法正常排尿，以致下肢肿胀。祁先达用银针针疗半个月，进展很慢。于是，他想了许久，觉得还是得针药齐下。用什么药呢？第一要方是荔枝核、龙眼核、橄榄核，烘干打粉用酒调服。这几味药虽并不珍贵，但是产地在南方，在两粤之地。这里地处川北，不产荔枝、龙眼、橄榄这种亚热带果树，怎么办？野荔枝？对，希望山上有野生荔枝。于是，他每天带着邓香芒进深山爬峻岭，钻森林。可是一连十天也没找到一棵野荔枝。

“先达哥，我们还找什么药草？”

“荔枝，南方的荔枝，或者野荔枝。”祁先达有点不耐烦。

“利芝，什么利芝。”邓香芒听都未曾听过。她把“荔枝”说成“利芝”。

“是荔枝，杨贵妃叫人用马日行千里送到京城皇宫的岭南荔枝……”

“杨鬼灰是什么东西，还叫人送利市？”

牛头不对马嘴，深山里的大姑娘真是见识少。

“唉，你不懂就别问！”祁先达不耐烦地说。

“是是是，传男不传女，传内不传外！”邓香芒不满地白了祁先达一眼。

太阳下山了，他俩只好失望地下山回家。夜里，祁先达无法入睡，有什么可以代替呢？他翻来覆去，想起老父传给他的秘方。他睡不着，索性起床，拿下床头那个乌黑布袋，布袋里有一大沓旧纸。旧纸是竹纸，用线缝着，里面记载着祖传的几百个秘方，他点着油灯一页一页地翻呀翻。

“哇！”他眼前一亮。

“山荚树……”

山萸树枝，明天上山寻找山萸树。祁先达抱着那一大卷“天书”呼呼地睡着了……

翌日天刚蒙蒙亮，他就急急忙忙地敲开了邓松山木屋的门。木门开处只见邓香芒边披外衣边开门走了出来。

“啥子事啊！大清早哩！”邓香芒边扣衣扣边问。

“给老爹说一声，我要上山找药去了，你今天别做我的饭……”

“现在就上山？”邓香芒惊疑地问，“平时都是太阳出来才上的山啊，先达哥……”

“今天这药怕是难寻找，尚不知哪座山林才长着哩，说不定今晚回不来……”祁先达收紧背篓转身欲走。

“等等我……”邓香急忙转身回屋里。少顷，她背着小背篓，边走边扎那股大黑辫子，“好！我们走……”

“什么？你去？今天可要进深山钻密林啊！回去回去，女人家的……”祁先达自知此番采药之艰难，或许会在山上过夜。怎么能让姑娘在深山和我过夜呢？

他上前推了推邓香芒：“今天不带你，我才起这么早啊！回去吧！山林过夜可不是玩的。”

“我不怕，看，干粮、小被子、火柴、盐巴，我都带了……”邓香芒心细如针，进深山过夜要用到的东西都备好了，她把小背篓转到祁先达跟前。

“你……”祁先达干瞪眼，没法子了。

“老爹知道吗？”

“知道了，还是我帮她准备的干粮呢，还有几个生地瓜，你们到山上烤吧！咳咳咳……”

邓松山说着一阵干咳，原来邓香芒起来开门和祁先达的对话，他早在门后听见了，老爹也支持女儿上山帮祁医生采药，万一有啥子闪失，报信都没有一个人。

“走吧走吧。尽早回来吧！山里阴气太深……”邓松山上前拍了拍祁先达的肩膀。

“你给我儿子治病，舍生忘死啊！医仙啊！”邓松山感激在心，老泪纵横。

“去吧！香芒，好好照顾先生……”

邓松山挥了挥手，转身进入木屋。

……

山萸树在川北深山存在吗？家传药典记载是在广西十万大山中生成。按照地理气候，差不太多，兴许有奇迹吧。祁先达一边走一边寻思着，该往啥林子里钻呢？天亮了，日出了，火红的晨曦映射着黛色的山头，树林里升起一阵阵雾霭，白色的雾霭在阳光下，绕着山峰，围着树林缭绕着，缭绕着啊！多么美丽的风光啊！画家啊！在你笔下能画出如此自然风光吗？

祁先达和邓香芒一前一后，攀登在那刀梯似的上山小石板路上，一步一颠，未敢停步。

“先达哥我们要去哪片山林？”

“我们今天要找的是一种树，奇树，必然要走向树木茂密的山林中。”

“奇树，什么样的奇树？”邓香芒好奇地追问。

“山萸树，这树木生于阴处，散生不成林。”祁先达边喘着粗气边说。

“那啥样啊？”

“那树也算奇树，每个树丫生长出去，枝开五枝，像人的手掌，其中四枝都有三个节，第一枝也像我们拇指，只有两个节。”

“那不是人树了……”

“也不算，树还是树。”

“我们砍全株？”

“不是的，我们只要向南方开的树枝。”祁先达坐在小路旁一块石头上，喘着粗气说。

“向南？”

“对！找到了才明白。我们还是赶路吧！”

今天的日头好毒，阳光像针似地刺着他们。这地方白天热到三四十度，夜里只有十度八度，温差大得惊人，一不小心，就会病倒。因此，他俩虽然爬山爬得满头大汗，但是山风习习，凉风当面吹来也透骨，他们不敢脱外衣，捂得严严实实，任凭汗水流淌。

晌午，他们爬过牛头山，进入枫树林。

“太好了，终于找到枫树林。”祁先达眼前一亮，看见一片枫树林，他记起老祖药传中说过，枫树林中有山萸树生长。

枫树林里没有路，枝蔓丛生，野草高过人，祁先达手拿砍刀开路，走呀走，看呀看，一路寻去。忽然，“呜”的一声响，一阵冷风扑面。

“不好！蹲下！”祁先达把邓香芒按倒在灌木丛中，自己匍匐着扑在草丛里，手举砍刀。只见几丈处一只黑熊呼呼叫着，后面还跟着两只小黑熊。

黑熊闻到人的气味，一般不会伤害人，但是它身后两只小熊是人类最容易得手的猎物。因此，倘若母熊带着子女，一定会对人类攻击，保护它的子女。

祁先达大气不敢喘，埋伏在草丛里，一手举着尖刀，一手按住身边的邓香芒，以防万一。黑熊闻到气味，但山草掩盖着他俩，黑瞎子看不见他俩，只会乱闯，倘若黑瞎子窜过来，祁先达就尖刀一举，插进黑瞎子的咽喉或胸膛。这是他多年深山采药积累的老经验了。他们一动不动地趴在那里，无声无息。黑瞎子见没有什么动静，身后孩子们也安全，四处张望一下，掉头走了。少顷，便无踪无影，消失在林子里……

“哎呀哟！吓个半死啊！”邓香芒抬起头来，大汗淋漓。

“没事了，走吧。”祁先达拉着邓香芒站立起来，伸了伸腰。

“好险，好险……”

走着走着，他俩走出了树林，枫树林前面是一堵悬崖般的大石，看起来非常危险。山崖上长着众多高高矮矮的杂树。如何爬上这悬崖看个究竟呢？祁先达估摸着山崖上的杂树中可能有山萸树，他在大山崖旁走来走去，寻找登崖之路。

“这都大过午了，歇一会儿吃点东西吧！”邓香芒举头看看西斜的太阳。

“噢！好！来，捡些树枝烤薯吧！”祁先达喜欢吃烤薯。

“我这里还有好东西哩！”他说着掏出尖刀，从一条凹坑中挖出了两个拳头粗的山芋……

吃过午饭，他俩翻过一道小山沟，继续寻找上山崖的路。

“哇！”祁先达忽然大声一叫，眼前一亮。“有了有了！”他急忙奔向山崖的一处深达丈余的山坑。“山萸树，山萸树……”祁先达扔下背篓，小孩似地坐在地上溜进了山坑，在三棵山萸树中间绕着走。

"找到了，找到了……"

"什么找到了？"邓香芒跟着溜下了山坑，撞在祁先达脚跟上，把祁先达撞了个狗吃屎，扑在草地上。邓香芒上前扶起祁先达时，看见祁先达口里含着一大撮青草。

"哈哈哈哈……"邓香芒看见祁先达吃了一大把山草，笑得流着眼泪。

"你……"祁先达苦笑着站立起来，邓香芒上前为他清去口里的青草，拿着腰布帮他擦去脸上的青草碎叶。

"行了，取药吧！"祁先达拍了拍巴掌，上树了，树不高，很容易上。到了树上，他抽出砍刀，砍下了十几枝枝丫。当他爬上第三棵树时，那树突然拦腰断了，把个祁先达摔得哇哇叫，原来第三棵山萸树腰让白蚁蛀空了，经不住祁先达用力摇，断了。不好！祁先达左脚踝扭伤了，痛得直冒冷汗。邓香芒赶忙上前抱着他，把他抱在怀里，抱得紧紧的，豆大的泪珠颗颗滴在怀里男人的脸庞上……

"快快把药枝收拢……"祁先达顾不了伤痛，让邓香芒收拾剩下的树枝。邓香芒放下怀里的祁先达，把剩下的树枝收拢过来。

"先达哥，你为什么只采这一边的树枝，你看才八枝，树那边还有嘛！"

"那个没有用处。"

"为什么？"

"有肾病而排尿难，可用山萸树枝，但不是山萸树上所有枝都能用，那有讲究。"

"讲究？"

"对，讲究，能用的是长向南方的树枝，而且要从叉开五枝中，找到像我们手指中的第二枝，即食指这一支的中节……"

"哇！有这么多讲究？大山密林，哪些个树是南边的啊？"

"看树身啊，树身潮湿有青苔痕这边，便是南方嘛！简单着哩！太阳落山了，我们回吧！"

祁先达取好有用的枝节，削了一枝粗树丫，试着艰难地站立起来，可他一歪又倒下了。

“快把药枝收拾好……”祁先达痛得脸上满是汗珠儿。邓香芒上前收拾好药枝，扶看祁先达，解下自己的小背篓，把它挂在祁先达小背篓旁，蹲下身子要背上这矮个子男人。

“那可不行，我是男子汉……”祁先达死硬不肯上邓香芒的背。

“快啦，还计什么男人、女人，我都……”邓香芒欲言又止。她硬是背起了心仪的矮男人。就这样背一阵，扶一阵，走走停停。半夜时分，他俩终于走下虎背岗。

“走不动了！”邓香芒无奈地说。她把祁先达放在路旁的一个大石上，然后捡了一大把干树枝：“夜了，太凉了，烤烤火，不走了，天亮才走吧！”邓香芒张罗着烤起了玉米。

吃完玉米，夜深了，火烧得很旺，山洞里暖融融。邓香芒从山坡抱来一堆干草铺好床。

“来，睡下。”她用力把祁先达按在“草”床上。从背篓里拿出毛巾被，盖在祁先达身上，自己就坐在祁先达身旁打盹！

“你睡吧，我坐……”

“别别，快睡吧，你的脚……”

邓香芒坐在祁先达身旁不动。

“男女授受不亲，男女……”祁先达心里念叨着古训。

天大亮了，他们艰难地下了山，晌午才回到木屋，先进入祁先达的小屋。

“你帮我把药袋拿来！”祁先达吩咐邓香芒。

邓香芒从木板墙上取下那个宝贝布袋。祁先达从袋里取出小盒，从盒中取出银针，点燃灯火，烤了烤银针，为自己伤处扎针。然后又取出一个小陶缸，倒出一些药酒，淋在一块布条上。邓香芒帮他敷在脚踝伤处，扎紧……

“哇！你们回来了……”忽然小木屋门外响起一阵公鸡似的女人声音。随着声音，走进一个胖胖的中年女人。

“表姐……”邓香芒抬头一望，“你怎么来了？”

“我，噢！这就是舅说的祁神仙啊！哎哟，那个矮……表妹啊！你这是……”胖女人的话好风凉。

“表姐，你这是做甚？快快出去，这是祁医师。”

“噢！医师，好好好，我算来对了……”

这胖女人叫丁翠花，是邓松山姐姐的女儿，年及四十，丈夫早亡，守寡，无儿无女，中等身材圆脸杏眼，黄眉毛，薄薄嘴唇，几乎没有下巴。这女人今天一早来找舅舅邓松山借钱，可邓松山无钱可借，给了她五十个鸡蛋，正想打发她午后回去，她却听得旁边小木屋有了动静，听见表妹的声音，于是走了过来，眼见表妹和祁先达那么亲近，心头一阵酸味涌了上来。可是听见医生，她心头一亮，好好好，这病有治了……

丁翠花患肾水，积几年了，无钱医治，弄得脚肿手肿面肿，真是打肿了脸充胖子，她那胖圆圆的身躯原来是“肿”的啊！

“舅舅……”丁翠花跑了回去，大声嚷嚷着。

“你做啥子了，还不快快回家去，那日头西斜了，晚了可天黑了。”邓松山听见丁翠花“喔喔喔”似的公鸡声，赶忙走出木门。

“我去祁医生屋里，表妹正在帮他……”

“帮什么？”

“抬脚，嘻嘻……”丁翠花添油加醋地把邓香芒帮祁先达敷脚说成抬脚。

“抬，抬莫不是……”邓松山心头一紧，祁医生和女儿昨天上山，一天一夜晌午才回，尚未见进屋吃饭却先进了医生的木屋，莫非出了事，他赶忙奔进祁先达的房子。

“祁先生，先生你……”一进木屋迎面碰见拄着木棍，让女儿扶着的祁先达。

“你怎么了？”

“爹，祁先生从树上掉下来，伤了左脚……”邓香芒把祁先达扶到爹爹面前说道。

“这这，这怎么办？”邓松山心急了。

“我找到给桐林的特效药了，香芒今晚你就开始煲药……”

“嗯，知道了……”邓香芒眼眶一红，泪水滴了下来。祁先达为了弟弟的病把自己跌伤了，这不知多少天不能上山采药了。

“哎啊呀！原来舅舅家藏了神仙医生呀！怪不得弟弟好了，还站了起来。想不到矮矮的人有那么大能耐儿，舅，我不走了，叫这先生也帮我治治……”丁翠花扭着胖腰走到祁先达面前。

“你这……”

“哟！我表姐，脸皮厚厚的。”邓香芒指着丁翠花说，“胖表姐！”

“不，你这表姐不是胖，是……”祁先达看了看丁翠花浮中泛黄的脸色，“你看她两眼角的皮肉反光……”

“那我是啥子病啊！腰疼脚麻……”

“肾病，肾病……”祁先达断言说。

“那那……”

“好些年头了吧，肾水不畅，再不调医，恐怕……”祁先达一副治病救人心肠，“快进屋。”

于是，丁翠花跟着进了木屋，祁先达开始给她把脉。

“你这肾病是由早年肾水不畅引起的，有年头了，你啊！腰腿都无力，疲倦，一天到晚都想睡啊……”

“是是是，神仙啊！你怎知道呢？”

“香芒扶一下我！”香芒上前扶起祁先达，祁先达到大木柜前，指着一格格草药，让邓香芒捡了三大包草药，包好。

“表姐，你回去煲了喝……”邓香芒把药交给丁翠花。

“我还是住几晚，吃完这几包药才回吧！如果有了效果，我请先生再开几包。”

“好哩好哩，就同你表妹搭铺吧！”邓松山无奈，怎么说都是自己姐姐的女儿啊！他只得留下，行行好。

丁翠花拍手叫好，她收了药包，拉着邓香芒：“妹子，快回去帮姐煲药，姐也遇到神仙了……”

……

三天过去，祁先达自伤自治，脚伤好多了。今天早晨，他已经扔下拐杖出了木门，在水沟边散步，寻找屋前屋后长着的草木，有哪些可入药。

“哟，神仙先生啊！”丁翠花提着水桶到水沟边洗衣服。

“早上好，表姐。”

“先生，我那药吃完了，这几天我看见你天天给我表弟扎那小小针儿，那是什么针？也能治病？”

“那叫银针……”

“银针也是药？”

“不是的，扎银针通经络行血脉。血脉通，病自好起来……”

“哇，那好啊！回头你也帮我扎扎？”丁翠花真是见什么要什么。

“你不怕疼痛？”

“不怕！只要是你……”

……

午后，丁翠花来到祁先达小屋要求扎针。

“那好，你忍着点。”他指了指那张专门扎针的竹床，“躺下。”

邓香芒扶着丁翠花上了竹床。

“反过背来！”祁先达交代。

丁翠花翻了个身。“翻开衣衫。”祁先达拿着用火烧过的银针走上前。

丁翠花自个儿把衣服捋得好高，现出大半个白胖身体……

“阿香芒！”门外邓松山叫女儿。

“什么事！”

“你弟弟那药快煲干了……”

“噢！”

邓香芒忙匆匆回家去。

……

“表姐，我下针了啊！”

“嗯！”丁翠花咬着嘴唇，闭着眼睛。祁先达在腰上的命门、肾俞等穴位轻轻下针。

“疼，噢！哎呀啊……”丁翠花哇哇叫，她有生以来头一回让这么长的针儿插进肉里，很深，很疼，很麻，很……五味杂陈，什么都有了，她一时泪水涟涟。但是为了病，又是自己所求，她把嘴唇咬出血都忍住了。一会儿退了针，她感到腰部暖流阵阵，怪舒服的，腰不那么疼了。哟，神仙！她转过正身，衣服没有拉下，肚皮乳房都现在祁先达眼前。

“穿好衣服……”

“不计较了，都过来的人了。”

“我可未有过婆娘。”祁先达转过身去。

“啥子！你多大？”

“刚满四十。”

“噢！四十还没有……”

“是，你也有四十几了吧！”

“我也四十，丈夫早逝，无儿无女……”丁翠花心有企图，自报家门。

“那倒自在。”祁先达冷冷地说。

“什么自在，有夫有妻有家有人暖被窝才叫自在呢！”丁翠花用手抓着自己乳房，她的乳房很大。

“先生，这里要不要扎两针？”她指着肥大的乳房。

“哪里？”祁先达一看，“哟！快穿上，那里不用，我们有医德……”

“医病还有德……”

“表姐，好了吗？”门外响起邓香芒银铃般的叫声。

“好了哎！”丁翠花慌忙盖住乳房，翻身而起，脸庞通红。

……

「第四章　扬名山旮旯」

“阿妈，阿妈……”人未入门声先到，随着阵阵公鸡声，木栅门开处，一位灰白头发，中等身材，腰系围裙的老妈妈，摇摇晃晃地迎出门来。

“哟！翠花啊！你可回来了，怎去这么多天啊！舅呢，硬朗吧！”

“舅好着哩……”丁翠花迎上前去，拉着老妈妈那双粗糙得像松树枝的手。

“哟！花呀！你你……”翠花妈望着眼前脸色红润的女儿。

“你是翠花？”

“是呀！我是你女儿翠花啊！你老眼昏花么，才八天时间……”

“不不不！让妈看看！哟！那浮浮肿肿的脸不见了，瘦了，来，手……”翠花妈牵过女儿那双手，抚摸着手指，“手指不肿了，能活动了？”

“是呀，好了，好大半啦。我的腰不疼，脚也不肿了，妈！女儿有救了……”

“莫非遇到神仙，吃了仙丹……”老人上前捧起女儿的脸庞，抚摸着，眼里噙着泪水。“好了，女儿有救了，有救了，你是遇到神仙……”

“妈哎！不是神仙呀，舅舅家里请来了一位医生，山草药医生，他给表弟治病，我表弟现在可以扶着棍儿走路了。好神奇的医生，采几样青草，用一枝针，就把表弟治到站起来。哟！我也去求他啰！这不，求他帮我医了八天，哟，人精神，腰腿不疼痛了，走路不累了，妈你看，脚都不肿了……”丁翠花说着捋起裤管，按了按皮肤。

“哇！那是神仙啊！女儿啊，我们家穷，报答啊，药金总得……”

“不用啦！医生说不收钱，他住在舅家，舅供着呢！”丁翠花改变不了的高音公鸡声引来了邻屋卢秀娘，她拄着拐杖，抖抖颤颤地敲了敲木门。

"哪个呀？"丁翠花问。

"哟，翠花啊！我啰，我啰……"秀娘大妈又答又敲门，"你怎这么多天才回来啊！莫不是那头相上了……"

"哪是啊！秀娘大妈……"丁翠花忙开木门，扶着卢秀娘进了木屋小厅，拉过一张竹椅，"大妈你坐好！"

"哟！翠花，你脸怎么红扑扑，不肿了……"丁翠花上前扶卢秀娘时，卢秀娘凑在丁翠花脸上看了看，还伸手摸了摸。

"他大姐啊！翠花行好运啰，在她舅那里遇上个神仙医生，才八天啊，就把这个病了几年的翠花调治到这般模样，这不是神仙么？我们山里沟里几代人了，未曾遇过啊！"翠花妈妈口快嘴快，"还有啊！不收分文哩！"

"哇！那敢情是上天下凡神仙……"秀娘听得张着大口。

"还有啦！我那风湿得不能行走的表弟都能站起来，走路了……"丁翠花大声嚷嚷着，眉飞色舞。

"哟！是哪个能走路啦！"忽然木门外响起丘妹娣的声音。住在翠花屋后山坡的丘妹娣在丁翠花屋前水坑洗衣服，路过丁翠花屋前，听得屋里的对话，于是上门前问了一句。

"哟！妹娣大娘哟！进屋，进屋……"丁翠花又一轮现身说法。

说话间，丁翠花家门前人头拥拥，丁翠花治好肾病水肿的消息一传十，十传百，几天时间，传遍这川北大山。奇石峰附近大大小小几十个山村，人们都在传说着丁翠花巧遇神仙。在这闭塞的山沟里，这确实是天大奇闻，面肿脚肿十几年都能医好，还不是神仙么？祁先达，不！邓松山家门庭若市，走了一群又来一伙，一时间忙得祁先达和邓香芒手忙脚乱。大屋小屋都坐不下了，索性在门外搭个棚。一时间前来请神仙看病施药施针的人一拨又一拨，四乡八里传颂着：山旮旯来了个神仙医师。

邓松山屋里收了太多"医金"。这山旮旯不知什么是货币，都是用实物交换。看病的山里人送来的医金都是鸡蛋、大米、玉米、地瓜、青菜、山货、山香菇、烟肉、菜油、花生油等，五花八门，都是吃货……

忙归忙，祁医生和邓香芒的婚事还是要快快办了，夜长梦多啊！近日来邓松山眼看女儿日日夜夜陪伴着祁先达，做帮手捡药，接病人，忙里忙外，两人已不可分开。同时，也有几个年青姑娘上门看病时，眉来眼去，看中祁先达，羡慕这么个能人。邓松山看在眼里，急在心中。于是他决定尽早办好女儿的婚事。

“祁先生，到我屋里坐一会儿，小老有事商量。”邓松山趁黄昏没有病人邀请祁先达。

“阿叔！啥事这么严正……”

“你和香芒的婚事……”

“叔啊！忙着哩，过些日子吧！我也没什么物品准备……”

“我们山沟深，没有外界那么多规矩。就简了吧！”

“那不太好，起码做几件新衣服给香芒……”

“这我早备好了，你若不嫌弃，这些天就简单办了！”

“这个么！叔啊！香芒情愿吗？我可比她大十五岁啊！”

“男大女小自古有之，不怪不怪，香芒也有这个意思，只是那女儿家不好开口啊！”邓松山上前拍了拍祁先达的肩膀，“就这么定了，我年岁大，身子骨虚，待不了多久啦，你们办了吧！我高兴……”

祁先达默默地点了点头……

邓松山在这山旮旯里也没有什么亲戚朋友，就姐姐一家，于是他打发邓香芒去姑姑家说一声，请姑姑在那日来参加婚礼。

“哟！香芒呀！我这身子骨怎可跋山涉水啊！叫阿翠花去吧！”

“翠花姐呢？”

“你表姐今日下山到镇街卖鸡蛋去了……”

“那，到日期，姐要准时啊！姑呀！我那头病人多，忙哩，这就走……”

“那不住一晚？姑好久没和你聊了，住下住下，姑这边杀鸡去……”

“莫杀莫杀，我真的要走了，再不走，天黑都不敢走山路了……”

“就那么急？香芒，那也好，还不是心疼你那新郎官。”

“姑，你……”邓香芒双手捧着热乎乎的脸庞。

……

傍晚，丁翠花回到家里，听妈妈这么一说，可急了：“妈妈！那太不公道了，那位先生四十岁，表妹才二十五呀！大了一十五岁啊！做阿爸都不为小了……”丁翠花在舅舅家住了八天治病，天天和祁先达见面，翻开衣服让祁先达下针，人家八天治好了她的大病，她心中无名升起爱慕之心。照丁翠花想：我四十，他四十，正般配，我敬慕他的才华，不嫌他矮小，他不会嫌我是二婚吧！那几天，丁翠花多次用行动语言挑逗，试探过祁先达，可祁先达的心只在于医病，未敢妄想娶妻，他知道自己是什么货色：一个两手空空的游医而已。可如今舅舅要把女儿嫁给他，这邓香芒也是甘心情愿了吧！还自个儿上我家来邀请参加婚礼，这事不可成啊！丁翠花醋劲上来了……

翌日天刚放亮，丁翠花梳洗完毕，早饭也不吃了。

“妈！我上舅家去。”

“什么啊！香芒的婚期还有几天哩！”

“不嘛！我的病还未全好，还是再去住几天，把病给治全。”

“噢！那也在理，你顺便把一对鸡和那一篮鸡蛋、烟肉带了去吧，也算我的一份心意！”

“不带不带，再说吧！”丁翠花坚决不带新婚贺礼，那不是断了自己的心思吗？

丁翠花匆匆忙忙赶到邓家，她可是一路小跑，心急如焚，四十多里山路小道一路未歇一分一秒。

“舅……”丁翠花人未进门，声先到。

“姐……”迎出门的是邓香芒，“你怎这么快……”

“妹呀！我的病未好全哩！”丁翠花推开邓香芒，自个入了木门。

……

更深夜静，丁翠花和邓香芒同睡一张竹床。

“妹呀！怎么这般急成亲，舅逼的？”丁翠花挑起话头，口气有点愤。

“哪啊！爹从不逼我们做事。”

“那是先生逼的？”丁翠花转移目标。

“那可没有，姐莫乱说，先生规矩正人着哩，他都推托几回了……”

“真的吗？妹啊！哪有老牛不吃嫩草的啊！妹啊！你今年二十五，先生四十啊，做父亲都可行……”

“姐，莫乱说！婚嫁求情愿，哪有计较这么多事！你在骂我？”邓香芒有点生气。

“姐不是骂你，他这个年龄不配你啊！我这个寡妇，无儿无女，倒也说得过去，就是合了也无人耻笑，可你若嫁他，那山里传扬，笑话就多了去啊！你可想想这后来人怎么做，脸皮不红么……”丁翠花转弯抹角数说着。

“那你想嫁给先生……”

“我也不敢那么想，只是想起来比你合适……”

“那你得去问问他啊！”

“我问了你退？”

“退！”邓香芒气愤地翻过身去睡了……

“真吗？”

……邓香芒自顾自睡了，她心中有数。

……

天刚放亮，丁翠花急急去敲祁先达的木门。

“祁先生，祁先生……”

“……”没有回应。

“祁先生，祁……”

“哪个嘛，天还未亮啊！”

“我昨夜腰好痛啊！先生帮针一针止痛，哎哟！”丁翠花装得痛苦无奈，双手叉着腰。

“你是不是扭了腰……”祁先达边开木门边问。

“昨天在屋前小溪提水，脚滑了一下，这腰一闪，昨夜后半夜就疼呀……”丁翠香编了一个小故事。只见木门一开，她一手叉腰，直奔入木屋，躺在竹椅上脱去上衣，白胖胖的上身，大碗似的两个乳房颤动着。祁先达拿了针盒走上前一看。

“哟！她表姐你这是……”

“针啊！”

“你是扭到腰嘛，穿好衣服，反转身，揭开下摆就可以了。”祁先达转过身去，不敢上前。

“我翻转身子吧，穿着衣服碍手嘛！来！好了，我翻了，过来吧！我又不是老虎，你还怕？”丁翠花嬉皮笑脸。

无奈，祁先达拿着银针上前问：“哪处伤痛？”

“这儿，这儿，这儿……”丁翠花指左又指右，最后指到肥肥的屁股上。

“究竟哪里？我怎下针？”祁先达有点不耐烦。

“这儿……”丁翠花指着尾龙骨处。

祁先达下针。

“哟！轻点。”

“轻了无效果，忍住！”说着祁先达进第二针，第三针，那丁翠花咬紧嘴唇强忍着。

“先生，听说你要娶我表妹……”

“你明知故问，香芒不是通知你参加婚礼了吗？”

“我知道啊，也劝劝你，你都比我表妹大十五岁，做她父亲都不为过了，你们结婚，不是笑坏了七村八寨九沟嘛！先生啊，你如何行走？”

“如何不能行走，我们俩情投意合，没有哪个迫哪个。”

“我看你不地道，要娶也娶我这年龄相当的嘛，你四十，我四十，都是单身。我虽然结过婚，但无儿女，相貌身材也配得了你……”丁翠花自己提婚，以身相许，接着，她把裤子拉到膝头下，翻过身来。

“这里也针两针……”她指着大腿内侧，祁先达一看。

“噢呀！你这是……”祁先达行医多年，什么没有见过。还没有见过你这寡妇的家伙——一大搭黑毛毛后边的生殖系统。那丁翠花是结过婚的人。在她心目中，这男人未曾结过婚，火气正旺，看到女人这些要命的东西，哪有不起心的？况且这里只有两个人，还不生米煮成熟饭。

“你快快穿上裤子，我要出去了……”祁先达转过身去，“我们行医人有行医人的医德，一年三百六十五天，男男女女那些家伙还见得少吗？别说你这样的丑八怪，美少女身上的东西都见多了，倘若我会让你勾上，还会在世上行医，还会四十岁无妻室吗？无情不成双，你穿起裤子吧，香芒来了……”祁先达说着自顾走出木门，他今天约好香芒要在雾水未干之前采一种特效药。于是他匆忙走了……

丁翠花自讨没趣，屁股一翻，“哟”大叫一声，下腰还有一针未起，扎得她哟哟大叫直流泪。

“这短命先生见到我这身好皮肉吓得无了三魂，不见七魄，连针也不下……”她生气地自个儿拔下下腰那根银针。哎，偷鸡不成蚀把米，她心中愤愤不平，哼，看我把舅父搬出来……

「第五章　弄巧成拙，惹祸上身」

金秋十月的大山沟，阵阵秋风，凉得透背。虽然蓝天无云，阳光猛烈，山里人还是穿上毛衣了，没有毛衣的人，只得多穿一件厚实外衣。

在登云岭小道上，却见一高一矮两个人，弯着腰，一步一步攀登在刀梯似的小石板路上。走近一看，女的比男的高出一个头，这高挑清秀女人不时回头拉矮男人一把，他俩是邓香芒和祁先达。婚期已近，他们在百忙之中下山，去五十多里外的沙沟集赶集，买了一大堆婚庆的用品，还给邓香芒办了一套大红花衣服，这是要在婚礼上穿的。买新衣服时，两人还吵了一番。

“再买一件红袄子吧！”祁先达拿着一套红棉袄说。

“不用了，我也只是那天穿一下，过了那个日子，我还穿这个？大山里，谁个还穿这大红大绿，不习惯，不买不买！”邓香芒抢过那套红袄扔了回去。

日头西斜，他俩午饭都未吃，急忙赶回山沟沟的木屋，木屋里邓桐林等着扎针、煲药，老父亲邓松山这两天感冒，等着他们回来煲草药。因此，他俩背着小背篓急忙登山回家，五十多里山路啊！他俩生怕天黑赶不回家。

……

今天十月十日，吉月加吉日，邓松山的大木屋周围挂着八个红灯笼，木门贴着大红双“喜”字，木屋小厅上方拉着一幅红幔，长桌子上点着一排红蜡烛，简洁，喜庆……

门前屋里，十沟八寨的山民闻讯前来祝贺，那些受过祁先达治病恩惠的人，更是带着鸡、鸭、花生、猪肉等山村贺礼赶过来。小小的山沟今日热闹非凡，邓松山高兴得合不拢嘴。邓家门前搭着两排丈多长的竹桌，设下流水宴，前来参加婚礼的客人都按山规，在流水宴桌上自己开饭，就像我们现在的自助餐一样。

没有炮竹烟花，只听得唢呐声。这里有山规，从不放鞭炮烟花，为了山村，为了生存，这山上不能有一点火星儿，这是沿袭了几百年的老规矩了。因此，这里山林茂盛，郁郁葱葱……

今天的新娘邓香芒朴素简洁，身着小点黄花桃红底色外套，那股粗大黑辫子圈在后脑上，没有搽口红，脚蹬黑布鞋，素面简装，然而那青春秀丽的瓜子脸上，透着红晕，长眉大眼高鼻梁，今天的邓香芒是那么的端庄秀丽。

然而，却有一个人喧宾夺主，那就是前来做伴娘的表姐丁翠花。你看她大红的外套，头上插满山花，红鞋，红裤，还用大红纸在舌尖上沾沾口水，搽了个红嘴唇，弄得像个猴子屁股。她倒是一副主妇行径，跑上跑下，嬉笑着接待众多客人，弄得前来参加婚礼的客人还都以为她是“新娘”哩……

天黑了，客人散去了，留在木屋的只有两三位亲戚。祁先达今天太高兴，喝醉了，醉得不能行走，被人扶进他那木屋的新房，倒头大睡。大木屋那边，邓香芒正忙着给大表叔佟三齐煲醒酒药汤。佟三齐是邓松山的表弟，比邓松山小二十岁，他为表侄女嫁得如此才华出众的佳婿，高兴得频频举碗（山里人喝酒用大碗），直到把自己喝得酩酊大醉，又吐、又哭、又笑，闹出了大笑话。邓香芒已经从祁先达那里学到了一些治病救人知识，她深知表叔中了酒毒，得赶快解酒。因此，她从大药柜找到几味草药，张罗着煲药。

这边厢丁翠花无聊之至，想入非非，她真的不甘心，这么个有钱可赚、大可依靠的男人给了表妹。醋意顿生，令她咬牙切齿，她刚喝了半碗酒，酒气上了头，胡思乱想，走出木门，走向祁先达的木屋，在那木屋门外徘徊转悠！哎！先生醉得人事不省，我何不将计就计，进入洞房，苟合成真，弄成事实，岂不圆了我的心愿？等到表妹发现时，我已经怀上先生的骨肉，表妹啊，你还敢闹吗？出丑啊！对对对，我还是先下手为强，糊里糊涂的祁先生此时还知道圆了房的是哪个吗……

此时的丁翠花被自己的醋意和自私的追求蒙蔽了头脑，一时间忘却了一切，酒醉之中，她真的要犯晕了。

于是她上前推开木门，正在门开时，忽然闯出两个黑影，用麻袋套住了她，瞬间被扛上一个人的肩膀。尽管她在麻袋里歇斯底里地号叫，但已无济于事。黑夜里，她在麻袋里挣扎着，许久许久，她才被扔到地上，解开麻袋放了出来。

“寨主，抢来了！”有人禀报寨主。

“是那个新娘吗？快送入我房里来！”西山尖寨主大声呼喊。

“你们，你们干什么？”丁翠花一看大事不好，陌生的地方，陌生的脸面，陌生的吼声，乌天黑地，只见两支松明子。

“恭喜你成了压寨夫人啊！哈哈！”站在她身旁的一个矮胖子哈哈大笑，“做了压寨夫人吃香喝辣，还不比那个丑八怪穷小子富贵万千……”

“吹灯！”寨主一声令下，山寨灯全黑了。丁翠花被抱进寨主的床上，脱光衣服。

“还穿那么多衣服干吗！”胖乎乎的寨主，半寸长的胡子扎在丁翠花脸上，扎得丁翠花直喊救命。

“这娘子声喉还挺好听哩！别喊，这是老子的山寨，新婚之夜，你做压寨夫人一样洞房。”黑暗中山大王把打扮得花枝招展的丁翠花当作秀丽的新娘子邓香芒压在身下。

寨主骑身上马，尽情操弄，像是饿狼扑食，弄得丁翠花哇哇叫，开始是痛苦喊着“救命救命……”，后来是“哟哟哟，使劲使劲，再来再来，好，哟哟……”。那寨主边喝酒边骑着她，一番又一番，弄得四十出头的丁翠花高潮阵阵，“哟哟哟”地叫个不停。天呀！寨主骑了大半夜才呼呼入睡，丁翠花却从惊恐中醒来，享受了多年未遇的快乐，俗话说：“三十痒皮，四十痒入骨。”虽然误入匪窝，也算凑合了丁翠花这么一个妖浪女人……

原来，祁先达的医术名扬大山处处，山村消息也传到西尖岭山匪那里，西尖岭山寨有几个小土匪曾去过祁先达的小木屋看病拿药。有一回，山匪连三狗因为被毒蛇咬伤，祁先达叫邓香芒为他上药。这小山匪眼见秀丽高挑的大姑娘，目不转睛，心生邪念。那天他回山禀报山匪寨主罗流江，罗流江听得口水直流。翌日，他也扮成生病的样子，前来求医相看邓香芒。那天是邓香芒帮他捡拾的药包，亲手交给了他。罗流江眼见面前如此秀色可餐的姑娘，心痒难耐。于是，他决心把这个美女弄上山做压寨夫人。不久，喽啰们来报，邓香芒和祁先达十月十日举行婚礼，他便计划着派人劫走邓香芒。

只是那天人来人往，无法下手，于是他们埋伏在祁先达木屋旁边的草丛里。首先见有人扶祁先达进木屋，又过了个把时辰，只见一个打扮艳丽的女人在木屋前转了一圈，正待开门进屋时，被黑暗中分不清真假的山匪抢上山寨，进了寨主房里。于是，黑灯瞎火之夜，丁翠花成了山匪寨主罗流江的压寨夫人。

日上三竿，匪首罗流江才醒来，翻身一看，身边躺着一个光身婆娘，抱过头一看。

“哟！错了！不是那个邓香芒啊！走走走！呸，我还干了一夜车轮战，来人！”他气从中升，大喊大叫。

帮他抢亲的两个小喽啰走到门外，罗流江披衣走了出来，大喝！

“你们，嘿嘿了，抢了个婆娘……”这时丁翠花已被吓醒，慌忙穿上衣服坐了起来，“冤家！骑累老娘了……”她眼见屁股下湿了一大片，“这驴子啊……”

“大哥大哥，昨夜可快乐……”

“快乐个屁！你们看，抢了个老婆娘……”

“怎么了，新娘啊，花头花衣红鞋子……”

“你们看……”

两个喽啰正待进门。

“慢！”山匪头子怕喽啰们看见婆娘光身，毕竟昨夜已成压寨夫人。他进屋一看，女人穿好衣服坐在床沿，细看一眼也还可以，圆脸细眼白皮肤，奶子大大，有肉头，还是有点意思。

“算了，算了，不看不看，都成了，还看……”山匪头子看了看丁翠花那副肉身，也就将就了。他心里想，我都十年未上过女人身子了，这个胖女人昨夜总算如了我的愿，唉！在深山峻岭中见个女人影都难上加难，那些老太婆又瘦又黑一身骨头，而今这胖女人也算是难得的缘分了。匪首罗流江多次下山抢劫，未曾劫得女人归，多年未近女色，昨夜这女人做到兴奋时，哇哇叫着，令他心花怒放，山匪和淫妇倒真是臭味相投了。

……

那头西尖山寨山匪抢得美人归，做了压寨夫人……

这一头，邓香芒木屋乱成一锅粥，一天一夜找不见表姐丁翠花。好好的，这表姐怎么就人间蒸发了呢？怎的无声无息呢？野兽拖了去？山鬼叉了去？

“不！不！不！山匪山匪！”邓松山“啪”一声拳头砸在桌子又说：“三年前我上山收购兽皮，亲眼看见一位商人在半山腰让山匪绑了去，我躲在林子里看得真真的。不过，我们这地方大山有两股山匪！一股山匪占着高高西山尖为匪穴，一股在北雁岭上，两股山匪因为下山抢劫，曾经火拼过。山匪由来已久，但不知被哪股匪劫去了。翠花啊，我怎么向姐姐交代……”老人痛心疾首，老泪纵横，“好好的大姑娘啊！”

“有山匪来过？”祁先达转过身去问邓香芒。

“不知道，那么多人，分不清。”

“山匪早有打探，不是昨日才来，早来过啊！我问你……”邓松山转问身边邓桐林，邓桐林是专门看家的。

“看病的人来来往往，哪知谁个是匪啊！”邓桐林无奈地摇了摇头。

“唉……”老人无奈地叹气，“噢！我想起来了，山匪身上有暗号。”

“什么样的暗号？”祁先达紧张地问。

“我记得当年两个山头山匪火拼，遗下一具尸体，尸体的手背上好像刺着什么呢，我想一想……”邓松山想了许久，“好像是一个松蕾……”

“松树上掉下的那种蕾？”祁先达忽然觉得在哪里见过。

“对对，松蕾松蕾……”邓松山肯定地说道。

“我看过，看过有两三个人，左手掌有这样的黑影……”

“看过？”

“是，看过两三回了……”祁先达肯定地说。

“看来他们早就下山到我们家踏探了，肯定是山匪抢了去，是西尖山还是北雁岭呢？这个记号的山匪都不知哪一股。”

“究竟是不是山匪抢？我看你们这些日子上山采药多寻找寻找，山下大姐那里暂且瞒着，就说丁翠花留在山上帮忙，千万不可说出去。她老人体弱多病，万一知道了，定是顶不住垮了下去，香芒啊！可保住秘密啊……”邓松山拉着邓香芒的手再三叮咛……

“唉！翠花就爱出风头野脚，上天保佑她啊！或许下山到镇里县城去玩耍了，天佑她吧！”邓松山无可奈何地摇了摇头。

他哪里知道，丁翠花已经心甘情愿在西山尖山寨上，做起了匪首罗流江的压寨夫人啊！

「第六章　出山开店」

三年后，祁先达已经有了儿子，取名祁承宗，已经两岁。这个儿子可不像祁先达，相貌身材全都像邓香芒，一家人看着小孩欢声笑语地过日子，邓松山更是每天围着外孙转。

儿子刚满两周岁，祁先达便把他放进背篓里，带上山去采药，每逢为病人治病时，总把儿子带在身边。从两岁起，祁先达决心把儿子磨炼成下一代药王，从孩子学起，练成草药金刚……

今天天气很好，晨曦耀阳，祁先达吃完早饭，吩咐邓香芒把儿子放进背篓，用布带子扎稳，夫妻父子三人准备上山采药。

"先生，先生！"忽然邓桐林从门外匆忙走来，边走边喊叫。

"桐林，啥事啊？"邓香芒放下背篓问。

"门外有位穿长衫的先生要见你……"

"长衫？"祁先达历来多给穷人施药治病，穿长衫的可是有钱人，祁先达很少为他们施过药。富人财主都去诊所请洋医，不大相信草头药医。

他出门一看，一位穿着长衫，约莫五十岁的瘦汉子上前作揖。

"先生，有劳……"

"有劳什么？"祁先达蓦然见此生人而生疑。

"我家主人生病多时，县城省城洋医都去治过，家财散了一半，却是无法医好。听人说这大山里有个神医，今日大胆上门来求先生，来，阿木！"穿长衫的人往后一呼，走上一位后生，两手提满礼品盒。

"这是些小小礼物。还请先生下山一趟，为我家老爷看看……"

"这个么，你家老爷是财主？"

"开米行，米行……"

"噢！米行老板，穷人无米，你们开米行……"

“我们老爷是大善人，一年有四次施米给无米人家，行善……”长衫人忙答。

“那你是……”

“仆人，我是仆人……”

“管家，他是我们管家。”拿着礼品的随从抢先回答。

“那我们走一趟吧！”祁先达转过头去，“香芒，今天不上山了，我下山去看看……”

邓桐林一听，忙取过祁先达那个乌黑的行医布袋。那布袋里有银针和酒（消毒银针用），还有一些应急药物。

……

祁先达一行三人，匆匆下山。

“请问先生尊姓？”祁先达走在后面问。

“免尊姓陆，陆地的陆。”长衫先生忙作答。

“噢！镇集上有几家米铺？”

“一家，我们老爷一家。”

“噢，那生意可好？”

“好好好，三餐口粮嘛！”

“米价贵吗？”

“不贵不贵，还看时令……”

“三九五月米价贵？”

“三九五月是荒月，我们老爷放低二成价钱。”

“那你们老爷亏本做生意。”

“不是的，夏、秋两季老板收粮，然后卖给县城省城大老板，赚大户商家的钱……”

“噢！你家老爷还算有良心。”

“有有有……”

“那我就去看看他，会会他……”

说话间到了集山镇圩。

“日已过午，我们找间粉铺打个尖吧！”祁先达想吃个午饭，顺便了解一下这个老板该医不该医，“你们先回吧！过个把时辰来这里带我去你们家，我等你们！”

“那可不敢！先生，我家老爷备好酒菜接风……”

“那可不是我的行规，我行医几十年，从不赴宴受请，我只是一个山野草医，下等之下等，请快回吧，我饿了……”

无奈，陆管家悻悻地走了，那随从提着原封未动的礼盒，一颠一颠走在后面。

祁先达一边吃粉条一边试问店掌柜：“请问本镇集有几家米店？”

“一家啊，就一家。泰昌号。”掌柜答道，“你买米？这个季节米贵二成。”

“为什么？”

“泰昌号提价收民间米粮，卖去省城，因为省城县城都有老板来抢购米粮，先生可是省城老板？”

“噢！我不是……”

“看着也不像……”店主眼见矮小的祁先达，不像那些穿绸缎的老板。

“那么这米店老板还算地道？”

“哎呀！泰昌号老板重病有年头了，四处求医，未见好起来，越来越重了啊！这几年他可是行善积德，做善事施米粮，想用善心救命……”

“噢……”祁先达印证了管家的话。

“先生，可以起行了吧！”陆管家走进小粉店双手作揖。

“起行，起行……”祁先达付了粉条钱，跟着陆管家走在街道石板路上，走过一道小巷，小巷深处见着一个红漆大门，进了大门，只见一道石板路，走过约莫丈余，便是一座四合大院，管家把先生带进老板书房。

“老爷，先生来了！”陆总管进去扶起床上的老板。

“噢！难得难得，贵人……”老板病得有气无力，艰难地坐了起来，背靠床头棉被。

“先生贵姓？”

“草医姓祁，老板贵姓？”

“我还有什么贵啊！姓泰，快死的人啰！”泰老板言语中心灰意冷，料定死期将近，无精打采。

“点上油灯吧！”屋里黑，祁先达请管家点灯。

“好！”

“把灯给我。”

管家把油灯递给祁先达，祁先达举着油灯，凑上前去仔细观察泰老板的脸色。只见他脸色浮肿灰黯，双眼无神，按一按手脚，凹下好深。

“把手给我！”祁先达为泰老板打脉，他按了左脉按右脉，闭着眼睛，按了有一刻钟，然后叫泰老板躺下翻身，他用中指在病人下腰左右敲了几下，最后让泰老板翻身坐起来。

“伸伸舌头！”

“好！”

“嗯！你这病有年头了啊！”

“有五年……”

“不，老爷都六年了。”陆管家忙纠正说。

“医过？”

“大小洋医院都医过，打针吃药，折磨啊！”泰老板含泪诉说，声音低得不能再低了。

“老板啊老板，这病拖重了啊！”祁先达感叹道。

“究竟啥子病症？”

“洋医院没说过？”

“说过是肾病，肾炎……”陆管家忙答道。

“不那么简单，双肾都是肾脓肿，大半都坏了，有尿出吗？”

“少，少之又少……”泰老板悲哀地说。

“毒啊！肾脓肿排尿不畅，尿在身体内混在血中，血中毒了，病重啊！”祁先达摇头叹道。

“没得医？”

“有，不过时间长、难！”

“怎个难？”

“你这病除了服药，还须长期施银针，抢救双肾复活。”

“那你可能银针否？”

“我住大山，山路五十里，来回百多里山路，哪有能耐，何况还有家人在山里，还有山里的药店……”

“那你搬到镇里，我给你店铺，可行？先生救命！”泰老板如获至宝，“药金多少不计较……”

“倾家荡产也要帮我老爷啊！呜呜……”

忽然有位妇人在祁先达身后哭泣，那哭声凄惨哀怨。

“阿陆，你把米铺门面隔开三分之一，装修成先生的药铺，不收租金，怎个摆布，你听先生的。再有那东厢五间房全部腾给先生家，你快去办，先生怎个摆布全听他的……”泰老板指着陆管家说。

“那，那可不行，怎受得起……”

“我只求一事，先生救我一命，可否……”

“住在这里，可天天施针施药，救治之事自然可以。”

“有希望吗？”

“七八成吧！因为你这病拖得太久了，左肾脉还有点，右肾脉几乎消失，得赶快抢救，今天我们先针治吧！回山我再给制药粉。”祁先达说着，从药袋里掏出针盒酒瓶子。

“老板翻身扑着睡！”

“好！”泰老板翻过身去，祁先达在他下腰的命门、肾俞、膀胱等处下针，接着是双腿血海、足三里、悬钟、三阴交，双臂的内关、曲池也先后下了十多针。由于久病，使得经络阻塞，尽管用强针手段，病人还是没有什么感觉。

“病拖久了啊！”祁先达边收针边摇头。

“有救么？”泰老板忙问。

“慢慢来吧！老板……”

看完病，已经下午，祁先达告辞，泰老板叫来陆管家，陆管家用托盘送上两圈银圆。

“先生，这一百银圆，不要嫌弃。”

“这不行！我几十年未见过啊！”祁先达上前，撕开一筒银圆红纸包，从中取一个银圆。

“老板我拿这个银圆去县城买药……”

“那太少了，老陆……”

“我陪先生去买！”陆管家说。

“不！太晚了，明天我早早下山，施完针赶路去县城。”

“好！你用马车送先生去……”泰老板吩咐陆管家安排马车，“送先生上山……”

翌日，天刚放亮，祁先达对邓香芒吩咐了一番，让香芒收拾好山上药店的药柜，将药草分类打包，接着便匆匆下山，赶往集山镇。

祁先达匆忙下山，山上的邓香芒却心头茫然：先生为何要我收拾好药店的所有药草呢？先生的葫芦里装的什么药？邓香芒心头顿起疑云，但是她相信丈夫，几年来丈夫在她身边医治弟弟，医治山民，严谨认真，心地善良，尽责尽力，从没有计较个人得失。病人骂也好，闹也好，抓也好，打也好，先生耐心开导，细心治疗，精心下针，她相信丈夫不会离开她。

这一头，祁先达对于下山开店，决心未下，还得再看看这几天泰老板的“心”。还有一件事，必须认真劝服岳父邓松山，老人家今年都七十八岁了，住在大山上山寮里，耕田养家禽，生活了几十年，而今忽然要下山，住进大屋，生活在圩集街市上，老人能答应吗？还有老人在山上养着鸡，散养于山坡，木屋后山坡种着苞米、花生、地瓜、青菜。而今地瓜、苞米收成，花生尚未种，要到明年谷雨后才下种，还有那个小小榨油坊，他们世世代代吃的花生油都是自己种的花生，自己土法榨油。还有还有，几代人的生活习惯，包括行走饮食，用水柴火，哪一样离得开大山？几代人的习惯，不是说搬就搬啊！

然而，他又想到泰老板。泰老板病入膏肓，两个肾都已脓肿多年，尿水大便都难排出体外，全身中毒危在旦夕。初次了解，泰老板也算善人一个，救人一命胜造七级浮屠啊！眼看如此情景，能不救么？祖上遗训治病救人，祁氏之德，几十年来，我抢救过多少人生命，而今这个能放下吗？我若不知，眼不见为净，见了问了诊了，还能不尽力吗？能治好吗？不敢妄想，但有改善的可能……

祁先达走在山路上思绪万千，唉，快些下山办药吧。

祁先达匆忙来到泰昌号米店前，马车早已备好，陆管家正在那里等着。

“走！”来到马车跟前，祁先达跳上车厢。

“还没吃早饭……”陆管家上前说。

“赶路啊！到县城里才吃吧！”

“这县城的路有七十多里啊！”

“不怕，马车快嘛！我们就早午一起吃吧！”祁先达使劲拉了陆管家上了马车。

“哒哒哒……”马车欢快地跑在下山路上……

傍晚回到集山镇，陆管家为祁先达收拾了客房，祁先达赶紧配药。他从药袋里掏出三包药粉，分别是荔枝核粉、橄榄核粉、山楂核粉，这三味主药都是在县城药铺买好烘干磨成粉的。他细心配药分包，每种药粉配三钱，分成五十包药剂。然后又打开另一大包茴香，同样分成五十包，然后交代陆管家每日煲一包茴香，放二碗水，慢火煲剩半碗。用于送服一包药粉，这个医程十五天……

陆管家忙说照办，祁先达又打开一大包干荔枝核。

“陆管家，每天睡前吃这个，用十个荔枝核炖猪腰子，让泰老板喝汤吃猪腰子，每次一碗。”

躺在床上的泰老板眼见祁先达配药仔细，早已感动得老泪纵横。泰老板今年五十六岁了，膝下无子，只有一小女，他心里孤苦啊！五六十岁的人，染此重病，性命垂危，幸遇救星啊！他忍不住挣扎着下了床，跪在祁先达面前，重重地叩头三下，吓得祁先达连忙抱起泰老板。祁先达此刻明白，泰老板出于真心求生，重担我祁先达一定挑起，“泰老板礼重了，小老受不起，我一定尽心尽力……”祁先达抱住老泪纵横的泰老板。

天亮了，陆管家叫醒祁先达，请他到米铺前看一看。

原来这两三天，陆管家依照泰老板吩咐把米铺面隔出三分之一，另设门面，作为药店。店内两旁立着两个木柜，柜上分成一格一格，足有几百格，这便是药柜。陆管家请木工把个药店装整得整齐有方，有模有样。

“先生，只差铺号了。”

“哟，这么规整……”祁先达行医几十年，未有过正式药铺，他看后连声惊叹。还要挂个葫芦，铺号就叫先达草医吧！

“好好好，马上请人做招牌……”

祁先达住了一晚，第二天一早，他匆忙赶上山去，心里打鼓哩！尚不知如何做老丈人的工作……

晌午回到山上木屋，哪知道，邓松山抱着外孙祁承宗，邓香芒和邓桐林一齐站在木屋前笑嘻嘻地迎接他。

“你们？”

“我们早知道。”邓松山大声说着，开口就笑，接着从他身后走出七八个后生。

“你看，泰老板早派人上山通知我们，并且帮忙收拾搬家呢！”

“你们同意啦？”祁先达不敢相信自己的耳朵。

“早同意了，下山去给更多民众施病，也让我老人家享享清福，我们祖祖辈辈耕山，难道你还忍心让我孙子一代一代耕山受苦吗？”自从女儿和祁先达结婚生了孙子，老人早已盘算着下山去，让子子孙孙不再在深山受苦受难。要知道在此深山中，步步艰难，无水耕田，只种粗粮，看病也难，无处医治，难难难，样样难，而今下山开店，过上“人”的生活，邓松山做梦都想啊……

「第七章　采药被掳，山寨见故人」

“乡亲们不可拥挤，不用急，排好队，一个一个来……”底气十足、嗓门洪亮的声音是谁？噢！泰昌号米铺泰老板。你看他，如今的泰老板身板硬朗，红光满面，正在给穷人分发救济粮。

……

转眼一年过去了，在祁先达针灸施药的医治之下，泰老板的身体逐渐恢复，两个肾已经激活复苏，如今脸色红润，腰板硬朗，站得起，走得动。这一年来，祁先达给泰老板治病又疗心，他劝泰老板行善积德，好人有好报。于是，泰老板每月施米一次，每次施米100人，每人白米五斤，当天施米500斤。风雨不改，每次都是泰老板亲自站柜施米，一时间泰昌米店声名远播，生意红火。

“先生金言一句，真是悟透我心，善有善报……”泰老板自言自语。他心想，我有五个大仓，轮流出仓，每次施米才500斤，今生我一天花一百个银圆都用不完，生不带来，死不带去，留之何用？泰老板不仅肾病好转，良心也好转了。

然而，由于久病缠身，两肾脓肿已久，虽然逐渐激活，有重生希望，但是那排尿之事，还是十分困难。祁先达思虑万千，这排尿是一个关卡，此关如何度过？他查遍祖先传给他的手抄本。查来查去，特效药还是山茱萸枝，上回采回来的山茱萸枝已让邓桐林用完，邓桐林现在的排尿量逐步增加，甚是见效。现在只能再次上山采山茱萸枝了。

“泰老板你排尿还是没有畅通，我必须上山采药，你能否派一个后生陪我上山……”祁先达一边为泰老板施针，一边商量。

“可以，完全可以，你要哪个后生，任你挑，一个不够两个，三个都行。”泰老板答得干脆。

“上次是我妻子陪我上山采这种药，如今孩子小，她不便上山，只得请你帮忙，因为那药树枝长在高处，必须人叠人才能采下。”

“你还不是为了给我治病，哪有不行的道理，你哪天上山我亲自去安排……”泰老板欣然应允。

……

翌日天蒙蒙亮，祁先达和一个叫裘丰良的米铺伙计一前一后上山了。午后他俩才来到上次采山茱萸枝的林子里，那几棵树还在那里，祁先达来到上次跌伤脚的树旁。

“伙计，你托我上树吧！”

“上树？上树还要托上去？你走开，我来……”说着裘丰良嗖嗖几声响，像只猴子似地爬上树顶。

“砍哪支？”

“这边，这边一、二、三、四、五、六，全给我砍下！”丰良应声挥斧，刹那间，那几枝树枝全然被砍落，掉在树下。

“好好好，好了……”祁先达忙喊！

“这边还有……”

“那边是北枝，不要！”

“这采药还分南北枝吗？”

“对，你不懂，下来吧！够了！”

祁先达把这些南行枝的“食指节”取了下来，用白布包好放进背篓。

“日头快落山了，吃个玉米就下山吧，伙计。”祁先达取出一个布包，打开拿出两个玉米苞，递给裘丰良一个，自己也吃着。

“边吃边走吧！天快黑了！”

……

两人一前一后下山，俗话说上山易，下山难。他们小心翼翼，一步一顿走在下山荒野小道上，裘丰良还用砍刀在前面边走边砍杂树开路。

下了一山又一山，下到第三座山坡时，天已麻麻黑，忽然有两条大汉堵在他俩面前。

“哇，有人……”裘丰良顿住了。

“什么人？”祁先达问。

“山上人！”一位黑大汉吼道。

“你们……”祁先达慌忙上前作揖，“两位好汉，我们是草药郎中，身无分文，你们行行好吧！”

“你可是祁先达医仙……”矮个汉子上前问道，口气不那么凶了。

“你怎知道？”

“我们下山找不到你啊！你那木屋空空，我们找了你几天啰！先生，今天总算找到了你，跟我们上山寨一趟……”矮个子平和地说。

“上山寨？你们是……”

“西尖山寨听过吗？”大个子汉子粗声大气地喝道。

“兄弟客气点，我们是请先生。”矮个子按住大个子的话茬。

“上山干啥子呀？”

“我们寨主病了，起不了床，求你去施救，我们找你好多时日了……”矮个子山匪用哀求的口气说。

“我山下还有病人……”

“顾不了许多了……”大个山匪上前抱起祁先达驮在肩上。

“喂喂！别，别。快放下，放下……”祁先达哀求山匪放下来。

“没法子，得罪先生了！你这位后生回去给先生家人说说，先生是我们请上山的……”矮个子吩咐裘丰良。这时那个大个子山匪驮着祁先达早已没了身影……

裘丰良吓得尿湿了裤裆，魂飞魄散，拼命奔跑着下山，跳山涧，过山坑，也顾不得许多了，跌跌撞撞，回到了集山镇泰昌号米铺。

“管家，管家……”人未进门便大喊大叫。

“你！怎一个人……”陆管家忙迎上去问。

“管家，管家不好了，大事不好了……”裘丰良语无伦次。

“我好好地，你啥子话？”

“我们先生让山匪抢了去……”

“山匪……”陆管家一时愣住了，“哪个山匪，为何要劫先生？”

“他们一个大汉，一个小矮子，小矮子那个说是西山寨，请先生有事相求……”

“噢！西山尖的那个山匪头子罗流江？这山匪，没了德行，一年几回到店里要米粮，我们老板都照拨给他们，求个平安啊！”

西山尖这班草匪每年都有三五次下山，进圩镇打家劫舍，泰昌米铺也被劫过几次大米，每次三五十担，泰老板也无所谓，求个平安。而今竟然把救治性命的先生抢了上山去，怎么办？怎么办？陆管家和泰老板面对面商量对策。

“这山匪头子都认识我啊！你没告诉他？”泰老板问裘丰良。

“容不得说上两句话，那大汉驮走了先生。”尖头尖下巴的裘丰良无可奈何地摊开双手说。

“老爷，我看还是上山找他们谈谈吧！”陆管家试问老板。

“我看事不宜迟，快快请镇里的士绅头人一会，请他们出头，我们出钱，山大王怕他们……”泰老板思虑片刻，镇定地说。

“对，你再带两个伙计，从账房支五百个大洋去镇里找桂老，镇里黑白两道都给他面子。”

……

西尖山寨聚义厅灯火通明，一排排松明子，黑烟阵阵飘在草堂上，虎皮座上空空荡荡，不见山匪大王上座，只见二大王刘西九站在王座旁。

“放下放下，放肆！”他大声呵斥那大汉把肩上的祁先达放下，恭恭敬敬地扶着祁先达上座，“上茶！”

一个喽啰端上一大碗山茶水。

“先生对不起了，委屈委屈……”肥头大耳、细眼睛大肚皮的二大王刘西九毕恭毕敬上前作揖。

眼见这般情景，祁先达心定了，他心中明白，这山匪是抢他上山给什么人治病，山上准有什么头目病重了。

“那你们抢我上来做啥子？”祁先达没有喝那碗茶，眯着眼睛不紧不慢地问道。

“哎呀！先生呀先生，我们这是不得已啊！我家大王病了有个把月了，起不了床啊！我们派人去你那木屋寻找多次了，可你那木屋搬空了，我们估摸你搬走了，这便派人守着你平时上山采药的路头，守候多天了啊！先生，我们也是没法子啊！先生请喝茶，我已吩咐伙计们备酒菜给先生压惊……”

“这酒就不喝了，你还是带我去看看你们的大王吧！”

二大王引路带着祁先达前往山大王房里，上了几十级台阶，过了后堂，左侧便是山大王罗流江的厢房了，厢房宽敞，进门是大厅，大厅后才是房间，祁先达忽然听得房里传过女人的声音。

“来！使点力翻翻！”女人正在给山大王翻身。祁先达听着这声音好熟，公鸡声……

“先生请进！”二大王领着祁先达进了房门，祁先达进了房门举目望去。

“哇！噢……”他忽地停下脚步，张开大口喊了两声，目瞪口呆。

“你！你……”

“她是你……”

“表姐，我妻子的表姐……”

“表妹夫，先生，您怎么上了山寨？”丁翠花停下手，顾不了山大王，走上前拉着祁先达的手问道。

“你，你们……”山大王有些发怒。

“先生可是我表妹夫，你们抢了我还要抢先生……”丁翠花气咻咻地说

“夫人啊！我请先生上山是为大王治病啊！你可误会了我啰！”二大王上前拉着祁先达，“先生请！”说着他在大王床前摆张椅子，毕恭毕敬地扶着祁先达坐下。祁先达一看，床上躺着一个虚胖的矮个子，皮肤枯黄，神气全无，双目无神，口角流水……

“先生，你……”这山大王往日的枭恶面目全无，一副死相。

“先生看看……”二大王上前哀求着。

“把脉……”祁先达拉过山大王的手按在脉上。

“这脉已甚微，酒喝多了吧！”祁先达话中有话。

“是是是，大王三餐不离酒……”

“酒鬼啊！怎医？”押寨夫人丁翠花在旁冷言冷语，冷目横视，她巴不得这大王死了，早早死了，她好下山会会心中的祁先达，家里的老母亲……

“大王中风有些时日了啊。”祁先达眯着眼睛慢吞吞地说。

“对对对，两个多月了，怎么办？起不了床，拉屎拉尿，吃喝都在床上，

可委屈我们了……”二大王发着牢骚。

“你……”山大王瞪了他一眼。

“这病症不是三日五天可治好，手尾太长了，没有一两年起不了床。”祁先达冷冷地说。

“有得治？”山大王一听，眼睛大放光芒。

“有是有，时间长，要……”祁先达欲言又止。

“要什么？先生要什么都给！”二大王抢着说。

“时间！”

“那，那你留……”山大王想把祁先达留在山上，专为他治病。

“那可不行，我山下有药铺，有许多病人来。先施针吧，然后我派人送药上山……”说着，祁先达打开随身的布袋取出银针，用烧酒泡了银针说：“翻身！”

“给大王翻身！夫人，帮帮忙……”二大王听说，忙吩咐丁翠花上前帮忙。

祁先达先后在山大王头顶的百会、风池、太阳、大椎、肩隅、手五里、曲池、内关、合谷、命门、肾俞等穴位施针，接着又在双足的环跳、血海、足三里、涌泉分别做了针刺，这是医治中风、半身不遂的基本穴位，以疗程分为上身下身，隔日下针。不过今天他全部二十多个穴位都下了针，折腾了两个多时辰，做了全面治疗。

“还要吃一种药。”

“什么药？”二大王问。

“山楂干！山上有吗？”

“山楂干，没有……”

“那你们派人和我下山去取……”

“那那那……”山大王生怕祁先达一走了之，明天不下针。

“针，明天再针一回……”

一夜无话。

翌日早晨，祁先达又到大王房里施针，丁翠花帮忙翻身。

“大王，我今天非要下山了……”祁先达边施针边说。

“不，不，不……”山大王不放祁先达。

无奈祁先达上上落落都有两个小师喽啰跟在后面，他被软禁了。一天，两天过去了。这天丁翠花趁跟脚的喽啰去吃饭，偷偷地溜到祁先达房间，商量如何偷跑下山。

“我山路熟，前前后后哪里有暗哨我都知。”

“那不可行，慢慢想办法，盯得紧啊！”祁先达不敢轻举妄动，他相信老板会想办法上山救他。泰老板比我还急哩！祁先达的想法对头，泰老板正和集山镇乡绅大佬商量派代表上山谈判。

果然，祁先达上山第三天，山下来人了。

……

谈判结果达成一致！

由泰老板送给山寨五十担大米五百个大洋。山大王罗流江由泰老板派人接下山住，由泰老板提供住处生活，随从三人，包括押寨夫人丁翠花，这丁翠花听说下得了山，心花怒放。

山大王罗流江是泰老板客人，乡公所保证罗流江平安无事，不得骚扰，并由镇公所派保镖日夜外围保护……

一番波折，一番折腾，终于成了事，下山了。祁先达被抢上山之后，挣扎了这么多天的心灵，终于放平静了，他多么挂念儿子、妻子……

「第八章　救冰童冒险试毒药」

一场风波，令祁先达惊魂难定。他被扣在山寨的日子里，夜夜噩梦，这可是身处杀人不眨眼的匪窝啊，我这条小命在此待下去还有希望？妻子、儿子……他每天夜里思虑到天亮。

现而今，老板把他救下了山，回到米店，惊魂稍定，又想起要去见妻儿，想着想着，他拥被而睡；忽然，他觉得怀里拥着妻子香芒，不！是儿子，究竟是妻子还是儿子，他搂得紧紧的……

“乒乒乓乓……”忽然一阵枪声，又一阵砸门声，“咚咚咚咚……”激烈的响声把祁先达惊醒了，原来他在梦里，怀里抱的是被子。又听得“乓”一声枪响。

不好！他翻身起来，忽听得米铺那头人声嘈杂。

“老板呢？老板娘的，你们老板可大胆啰，送金送银送米上西山尖，就是不送我的北雁岭，瞧不起我们……”有人大吼大叫，接着又是一声枪响。

“不好！土匪抢店了！”老板娘大喊大叫，“陆管家……”

陆管家已经被土匪五花绑，跪在米铺里。

“老板呢？”北雁岭土匪寨主何九斤喝道。

“泰老板今早进城去收账……”陆管家喏喏地。

“还有谁……”土匪头子大喝，“哼！你们胆敢瞧不起我北雁寨，讨好西尖山……”

“哎！不不不，那西尖山头人有病……”祁先达边披衣边走出铺面说。

“你？什么人？”土匪头子喝道。

“我行医，行医……”祁先达抬头一望，天啊！这土匪头子如此高大，足有二丈高，肥头大耳，浓眉倒吊成个大“八”字，大鼻阔口，凶相毕露。

“行医？哪个管钱？”何九斤疑惑地问。

“老板泰老板……”陆管家吞吞吐吐……

“无钱无粮无人管，那好！小的们，把两个活宝绑好了带上山，让老板上山赎身……”北雁岭土匪头子何九斤恼怒地呵斥。

于是祁先达和陆管家被连夜绑上北雁岭土匪寨子……

北雁岭土匪寨子分三寨，东寨、西寨和中寨。东寨是土匪头子何九斤一家和随从居住，中寨是议事厅，西寨是一百多号土匪吃宿的营地。土匪头子把陆管家和祁先达两个人质绑到东寨副厅厢房里，这是两棵摇钱树，每班四个亲兵，日夜守护，不打、不骂，好酒好肉招待着。因为这是两个钱袋儿啊，何九斤打着小九九。他在镇集里留下个耳目，等泰老板回店，送去消息，泰老板还不挑金送银上山来赎人……

东寨副厅厢房外有一个小操场，土匪兵丁有时在这里练拳脚，天天都人来人往。操场四面是高高的围墙，只有一条通道通往主厅和中寨，守卫森严。

今天早晨太阳才出山，祁先达向窗外望去，却见一妇人牵着一男孩在操场散步，慢吞吞地走着，后面有两个土匪跟着。

“哎哟！”忽然听得一声哀号，那男孩扑倒在地上，号叫着起不来啦。

“快，快抱起来……”中年女人大叫，两个土匪跑上前去抱着那男孩，男孩前额血流如注。

“不好……”祁先达开门走向操场，跑向男孩。

“快快止血……”祁先达从上衣口袋掏出一个小布袋，抓出一把黄色药粉，按在男孩伤口上，然后撕下一个衣袖包扎好伤口。当他再仔细看时，这男孩有十五六岁，却是骨瘦如柴，全身冰冷，没有生气。嗯！这孩子莫不是……祁先达不敢想下去，他轻轻按了按男孩右脉。“唉——”他长叹一声。

“先生你，莫非……”女人惊愕地望着祁先达。

“恶有恶报，你这土匪头子……”祁先达喃喃自语。

……

祁先达遇到的正是北雁岭土匪头子何九斤的压寨夫人利如花和他的独子何宝保。利如花生这个儿子的时候，子宫被无知的接生婆弄坏了，不能再生育。因而儿子何宝保成了独子。何九斤夫妇万般宠爱，可惜天不遂人愿，这孩子从五岁开始，不知病从何来，消瘦、疲倦、有气无力，一年比一年严重，十三岁了，走路还要人扶，越大越走不动，摔跤跌伤的事常常发生。为了儿子能健康成长，利如花每天早晨拉着儿子行行走走，从西寨到东寨，可总要走一个多钟。

“怎么又摔伤了？嗯？”何九斤眼见宝贝儿子前额包着的破布上面还有血迹，恼怒不已。

“在东寨操场……”利如花泪流满腮。

“谁给他包成这样，这破布……”何九斤解去那块包扎的衣袖，“去！像什么样！”他生气地把那个衣袖扔到一边。

“谁的破布！”

“你昨天从山下抢上山的肉身……”女人说：

“哪个？”

“矮的那个先生……”

“先生？你叫他先生？”

“是先生。他从口袋里拿出止血药为儿子止血，用衣袖为儿子包扎，还为儿子打脉……”

“打脉？说什么了？”

“没有，他摇着头走了……”

“嗯，莫非是个医……对医生！昨天他说了一句是医……”何九斤恍然大悟，这才想起了昨天绑这矮子时，他说是个行医的。

“快，快请！来，换衣服……”何九斤忙叫夫人为他换上礼服“长衫马褂”。

“走！”他招呼两个卫兵。

“是！”两个卫兵荷枪实弹地上前。

“还带枪？全卸了，空手空手……”何九斤喝道。

于是，何九斤牵着宝贝儿子，后面是夫人利如花和两个土匪兵丁，来到东寨副厅厢房里，厢房里却只有陆管家，不见矮个子。

“那位先生呢？”利如花上前问。

“哪有先生，只有肉身……”陆管家不满地说，头也不回。

“不不不，是那位医生……”何九斤这回却是笑容可掬，轻声问道。

“噢！操场上去了……”

“噢！”

于是他们夫妇拉着儿子转身出门，走向小操场，却不见人影，仔细望去，见有一人蹲在操场边草丛里……

“那就是……”利如花指着人影说。

“噢！快！”何九斤拉着儿子，奔向操场边草丛处。

“先生……”何九斤毕恭毕敬地。

“先生？你，叫我？”祁先达坐在草丛里转过头问。

“是，先生，先生，得罪，得罪……”何九斤毕恭毕敬地。

“我有罪。什么罪？肉身罪？”祁先达不满地，“五花大绑还不够吗？”

“不是，不是，是我们得罪先生，大不敬……”利如花忽地跪在祁先达面前，含着泪说，“我们有眼不识先生，先生你……”

“快快快，快起来，折煞我了，我只是一个草头医生，你们错了，我不是老板，怎地成了你们勒索的镖身……”

“先生，我们错了，搞错了，你听我解释……”何九斤极力想解释。

“解释什么？你们杀人越货，拦路抢劫，为非作歹！恶有恶报，你看，这是你们儿子？现报了吧！”祁先达愤懑地说，“我那天对你求告，我是一个草头医生，你却把我，哼！我悬壶济世为穷人，治病不收分文，你们……”

“先生，我也是穷人，我们这山寨有规矩，要钱不要命，劫富济贫，我们把劫来的钱财都分给这山沟里的七村八寨，你不信去打听打听……”

“是啊！我们一天三餐有两餐是粗粮，细粮都给了山民……”瘦匪丁上前说。

“是吗？不杀人？”

“我一生只杀过一个人，就是吊死我老父亲的那个大财主，我老父亲因为旱灾交不起田租，财主何仁达把我父亲吊打三回，直到咽气……”

“你也是穷人……”

“我那夜用菜刀杀了大财主何仁达，这才上山为匪……”

“噢！你也是……”

“无奈啊！先生……”

“果真如此吗？”祁先达半信半疑。

“是是，如果有生路，我还上山么？”

“有人追杀？”

“那财主家人报官，官府追杀。”

“你哪方人氏？”

“广西……”

“广西？”祁先达瞪大眼睛问。

“广西哪处……”

“金岭集何家寨……”何九斤上前说，“真的，广西金岭……”

“你从金岭跑到这里一千几百里啊！”

“无法子啊，一路招兵买马，幸得我少年学过几下拳脚……”

“这么说是同乡，同乡……”祁先达细声念叨着。

“先生你说什么，同什么？”

“别问了，先给孩子看病吧！”祁先达不敢明说自己也是广西金岭人。眼下的世道乱啊！何况这是个土匪窝，只是医者父母心，这小孩病入膏肓，若不快快施治，也只有两三年活命了。

于是，何九斤领着儿子和祁先达来到东寨正厅内厅厢房里儿子住的房间。

“你请躺下！”祁先达把那个宝贝儿子按在床上，为他号脉，号了许久、许久。

“先生，如何？”何九斤急不可待。

“嗯！难，太难了，眼下我没有这种药。”

“什么病症？”

“实话吗？”

“说实话！”

“冰人！”祁先达大声说：“这孩子从五岁起患上冰人症，日渐消瘦，而今世上尚无特效药。冰人的生命期八到十年。”

“这这这……”何九斤目瞪口呆。

“哎哟！妈妈啊！妈你怎么传……”利如花号哭着，边哭边说。

“你妈？”

“我妈十五岁生我之后得此病，十八岁死去……”利如花哭泣着。

“对了，隔代遗传……”祁先达肯定地说。

“有得治吗？”何九斤低头问。

“有，但此药只在我祖先药谱上有注，多年来未曾发现，不知出于何处地土，不过目前可以施针延慢冰期……”

“噢！有望……”

“我必须下山取银针……”祁先达说，“你信我吗？”

“信！连陆管家都下山回去，我也陪你下山，去给泰老板叩头认错……”何九斤生来恶相，心地还算善良。

“那好，下山，什么时候？”祁先达问。

“明天，明天！”

“现在不行吗？”

“我得备些薄礼去谢罪……”何九斤认真地，慢吞吞地说，“我做错了啊……”

……

翌日天刚放亮，何九斤便去拍祁先达的门：“先生，先生……”

“啊呀！天刚亮啊！”陆管家打开门问。

“祁医师……”

“来了！”祁先达一边披衣一边走出门。

“先生！山下泰老板处可寄宿？”

“你想住在我们老板家里？”陆管家不满地说。

“不，不是我，是我那老婆和儿子，我想让儿子留在山下医治，免得先生上山久住。”何九斤恳切地说。

“这个可不敢办，你那儿子要走这百十里山路已无此能力，还是我上山治一个时期吧！”祁先达又说，“你那儿子现在只有一点点气儿了，不得远行……”

“噢！那太委屈先生了……”何九斤今天真的诚心诚意，对祁先达的话是一句顶千万句了。

于是，何九斤带着四个匪丁，挑着四担礼物，随陆管家和祁先生下山了……

山下泰记米铺泰老板正忙于找乡绅、头人准备礼物，明天上北雁岭赎人哩。那礼品也没有什么花样，二千银圆，分四挑，钱能让鬼推磨嘛！泰老板的逻辑，真是在商言金银啊！

黄昏，泰老板正在摆宴接待镇公所头人和乡绅，准备和他们明早上山赎人质。他在米店门外接了镇公所所长，正待转身。

“老板……”

泰老板忽然听得如此熟悉的声音，他转过身子一看。

“你？陆，陆……哇哟！”泰老板不敢相信自己的眼睛，擦了一下眼睛，我莫不是老眼昏花。

“泰老板……”又一亲切的喊声！莫错，我的管家老陆。他定眼一看，噢呀，后面一队人马，肩挑手提，队伍最后那个是祁先达神医。旁边还有一个浓眉贼眼的大汉。

“你们……”

“泰老板……”那高大的浓眉贼眼汉子走上前，“扑通”一声跪下了。

“泰老板，小弟前些日有眼无珠，冒犯了泰老板铺号，今日特来请罪……”

“你是……”

“北雁岭……”

“北雁岭土匪……”

“是是是……”

“你们打家劫舍掠人，今日又……”泰老板不满地说。

“今日特来赔罪……”

“赔罪？”泰老板丈二金刚摸不着头。

“泰老板你过来！”祁先达把泰老板拉进里间，如此这般地说了一番。

“噢！这厮也有求人之日，求人自然屈膝了。”泰老板边说边上前扶起牛高马大的土匪头子何九斤，“你也有知错之时？”

……

一夜无话，翌日早饭之后，祁先生取好背篓和药袋，要随何九斤上山。

“慢！”泰老板上前拦着，“我派两个伙计陪你上山……”

“不用了！”祁先达搭着药袋说。

“是啊！不用不用，我那山上大有使唤的人。”何九斤也上前劝阻。

“不，不能，这两个伙计有真功夫，日夜陪伴祁医生，不得有误。我这病可先服先生留下的药……”泰老板推开何九斤，一字一句认真交代着。“还有，我本已联络好镇公所和县警察局何老大，祁先生若有任何闪失，我倾家荡产也要请军警上山灭了你……”

“是是是，我不敢不敢，祁先生若少了一根头发，我用这颗人头谢罪。”何九斤说着跪下了地，“咚咚咚咚”地叩着头。祁先达忙上前扶起这枭雄半生的土匪头子。

……

重上土匪窝，何九斤把祁先达安排在东寨正厅左厢房。这左厢房是另一处院落，有前厅后厅八间大房子，原是何九斤两个副手居住，何九斤为了救治儿子，把他们赶到副厅厢房原来扣押人质的房子去了。

祁先达和他的两个护卫便住在这么大一个院子了，何九斤派了两个勤杂伺候着，不敢派匪兵看押了。

“今天开始治疗吧！”祁先达和何九斤面对面说。

“我儿子究竟是何病症？”何九斤真想知道儿子那身体，为何无端端一天比一天地消瘦下去。

“那得问你那夫人！”祁先达说。

“我夫人弄的？”何九斤一时脸红耳赤。

“不是弄的，是遗传。隔代遗传。那天你夫人说了她妈妈患过此病，十八岁便归天。”

“为什么？”

“冰人，这病从出生到四五岁时还是正常的，到五六岁开始发作，吃什么都不吸收，吃什么拉什么，一天比一天消瘦，最长不过十年便夭折，一般活不过十八岁，你岳母活到十八岁算长寿了……”

“那能医吗？”

“目前无特效药，我老祖有一秘方，要找这种草药十分艰难，这么多年还未找到。现在可以施针打通经络活血行气，暂止病情发展，我再上山找这种特效药。不过此药有毒，我尚不知如何处置，我翻了一下祁氏药谱，谱中有一画图，草图说若得此山形，可得‘七叶一颗珠’救命药。”

“七叶一颗珠？”

“对，你那后山山形有点像祁家药谱上的山型草图，是否有七叶一颗珠，我得上山慢慢寻找了……”祁先达一一解释。

“七叶一颗珠，长山峰顶？”

“不，是长在山石缝泄温水处，此药比仙草都难寻……”

“噢！天啊！怎么找啊？”何九斤有些失望，

“我看此山有希望。”

“为什么？”

“泥山抱石，你看山体多处露出石缝。白雾纷纷，好像山底升起的热气。”

“噢！这个我倒不在意，全靠先生了，上山寻药，要多少人我给你派，若是需要，我亲自陪你上山。”何九斤殷切期望。

“这几天先施针，中止病情发展吧！找这味药必须是大雾天气。”

“大雾天气？”

“哪个早晨若见浓雾，我们便上山。”

“好，听你安排，七叶一颗珠，七叶一颗珠……”

何九斤念叨着这个救儿子的药草。

……

何九斤每天天未亮就爬起来，走到石山下看雾气。终于在今早天蒙蒙亮时浓雾阵阵，笼罩着整座后山、整个山寨。他急忙去敲祁先达的房门。

“雾雾雾，先生，先生……”何九斤迫不及待。浓雾中，三尺不见对面人。祁先达、何九斤一行六人登山寻“七叶一颗珠”救命药了，他们一个个弯腰寻找流淌泉水的石缝缝……

“走山脊！”祁先达爬上山峰，然后指着峰顶左右，让大伙沿山峰寻找有雾气的泄水石缝。

“这里，这里有一株……”何九斤发现在一块大石裂缝处沙土上有一棵，好像七叶一颗珠。

“在哪处？”祁先达奔走过来仰头一望。

“那是七叶一枝花……”

“我数了又数，枝上有七叶……”何九斤认真地比画着。

“那叶脉差不多，你看……”祁先达掏出一纸草图，“你再看那叶上边沿是七个角，可七叶一颗珠的叶形是八个角，还有那顶上是一朵散叶花，不是一颗珠形的小花，你仔细看去……”祁先达一一指点着。何九斤和匪徒们都围着祁先达，听得入神。

“再往山背找一找……”祁先达说着越过顶峰下坡，走向山峰背面仔细观望着，寻觅着，“哇呀！”祁先达忽地大叫一声：“看，天坑下面……”

“天坑？”何九斤领着匪徒们奔了过来一看，只见这边有一道很宽的裂缝，足有两丈多宽，深有丈余，天坑没有路。坑底白雾缭绕飘逸着，一片青绿的植被……

“大绳子呢？”祁先达叫何九斤找棵大树，绑上大麻绳，另一头绑在自个儿腰上……

“不行！我来！”何九斤抢着先下。

“还是我先下去辨认辨认吧！”祁先达绑紧了大麻绳。

“给我也绑上！”何九斤指着一个小土匪，让他用第二条大麻绳绑在树上，他自告奋先一步下去了……

天坑坑底很潮，空气里都是水汽，暖乎乎的，雾是热的，水是温的，连那迎面吹来的微风都是热乎乎的，泉水冒白烟，热得烫手。

“这是一处热水泉，遍地长满尺多高的小草，仔细看去！”祁先达大叫一声。

“七叶一颗珠！太多了啊！”祁先达举起双手大叫大喊。那何九斤禁不住在离坑底三尺处便使劲一跳，“扑通”一声响，摔落坑底，他一高兴，忘乎所以。

“天啊！这仙草长在热水泉处啊！”祁先达拔下一株、两株、三株！欣赏着那鲜香青草……

夕阳西下，他和何九斤采下的“七叶一颗珠”，装满了一个背篓，背回到土匪窝。

“我儿子有救了……”何九斤抱起儿子在房子里转了几圈，大叫大喊。

“还不知如何使用，这七叶一颗珠有大毒，未知如何……”祁先达举着一棵七叶一颗珠，看着枝顶那颗七色小花蕊，双眉紧锁：祖先药谱只说有大毒，却没有说明如何去毒，只有“慎服”两字后面有一行小字：冰人仙草。唉！矛盾啊！仙草大毒，这便如何是好！再看看翻翻，他翻着那破旧药谱，忽然发现在线订缝边有一行小字：“七叶一颗珠昏七日不醒者死矣，唯有七叶一枝花……”后面的字不见了。噢！祁先达恍然大悟，服用七叶一颗珠，性命攸关啊！怎么办？七叶一枝花，后面是什么呢？何九斤的独子何宝保生命垂危，而且他也并非十恶不作之人，为匪有其原委啊！还是故乡人啊，邻村的故乡人！何九斤若能弃恶从善，我冒险救人也值啊！祁先达踌躇再三。

“咚咚咚……”忽然一阵敲门声。

“谁？”

“我，何九斤！”

“进来吧！”

“先生……”何九斤进门一看，祁先达举着一棵七叶一颗珠凝望着。

“先生，您……”

“我正在想一件事，你可应允？”

“先生请说。”

“我倘若治好你儿子，你遣散众人，匪寨散伙，下山务农经商，改邪归正，能否？”

“这个么？能，只要儿子有救，我发给遣散费，下山回乡，开店经商也好，陪先生开药店也好，耕种也好，决不再作匪事……”何九斤说着，跪落地去，叩头九响。

“你……”祁先达忙扶起满腮泪水的何九斤。他心里想，这匪头为了儿子，悔改了！

“何家独苗啊！你叫我做甚都舍得……”

“那好！我们击掌盟誓……”祁先达举起双手，张开手掌。

“好，兄台……”何九斤双掌拍去，喊道，“小弟决不食言，把山寨金银财产分给兄台一半！”

“不！我分文不要，你只管散给穷苦人家，人生有三餐已足，守着金山银山有何益处……”祁先达用身教去撼动何九斤的心灵。

“请给我送一炭炉一瓦煲，我要制药。”

“好的，马上送……”何九斤忙找炭炉、木炭、瓦煲，让小喽啰送到祁先达房间里。

……

夜深了，房子里热气腾腾。

天亮了，屋子里静悄悄。

“咚咚咚……”两个保镖轮流敲祁先达的房门，敲了又敲，屋子里毫无回应，静，还是那样静悄悄。

“咚咚咚咚……”使劲敲，还是静悄悄。

“你们……”何九斤亲自送早饭来了，“祁先生呢？天大亮了还未起？”

“我俩敲了一大会儿，屋里无人……”

“我看看……”何九斤把放早饭的托盘给了保镖，然后使劲擂门。

“咚咚咚……”门板快震落了，还是无反应。

“不对，快，我来！何九斤后退两步，然后一个冲拳，把木门冲开了。屋里热气腾腾，只见祁先达睡在床上，无声无息。

“祁医师，先生，先生……”何九斤大声呼叫。仍是没有回应，何九斤冲向床前，只见床头有个碗，碗里残存着药汤。

“祁医师呀！你……”何九斤明白了，他趴在祁先达身上，身子有些体温，但是无了气息，摸了摸鼻孔！不对，没了气，摸了摸额头，凉的，不对啊！“祁医生你怎么了啊！”何九斤大声号哭……

“医师啊……”两个保镖大哭着冲出门外，“祁医师断气了，断气了，死了啊……”一阵呼喊引来一大群土匪，还有利如花，纷纷冲入祁先达那个大房子……

"神仙呀！医师……"利如花尖利地哭叫。

"医师啊……"门外黑压压的人头。

"祁医生，你这是……"何九斤忽然发现床头那个碗下面压着一张小纸条，小纸条上有两行字，何九斤大字不识两筐。

"军师，军师……"他连声呼唤军师。军师占文曲分开众人，挤入房中，拿过纸条一看。

"医师亲试那七叶一颗珠中毒了……"军师"哇"地大哭起来。

"写什么？快说……"何九斤喝道。

"七叶一颗珠有大毒，我必一试，七天之后，我未醒时埋我于采此药处，以告后人。"

"天啊！祁医生，你怎么以身试药，你怎可为了我那儿子……"何九斤大喊大叫，众人哭声如雷。何九斤再去摸祁先达的身体，身体仍有些温暖，只是没有呼吸。

"先生啊！我何九斤怎受得起啊！"

"在这里给我搭个床铺，我要陪先生……"何九斤转过身子吩咐军师道。

何九斤和军师轮流守护着生死未卜的祁先达，每天用热水给他擦身子，一日三次不敢怠慢。到了第五天，何九斤发觉，祁先达的身体温度高了些，第六天鼻子有些气息，第七天忽然发现祁先达额头有一片汗珠儿，身体微微动了一下，忽然"咳"一声响，祁先达从口里吐出一大口黑痰，挂在胸前；接着又屏息了一会儿，这才打开眼睛，吸了一口气。

"哇哟！兄弟……"祁先达忽然叫了一声。

"先生……"何九斤泪流满腮，扑上前去，抱着祁先达，"先生啊……"又回过头。

"快快煲稀饭……"他吩咐军师道。

这一头他紧紧地抱着那逐渐恢复体温的祁先达，祁先达又昏过去了……过了两个时辰，祁先达才睁开眼睛。

"没有埋我……"祁先达这才真正回魂。

"哪敢啊！来！先生喝点粥水……"何九斤给起死回生的祁先达喂粥水。

七天，又是一个七天，祁先达才能起身下床，才能认真说话。

“我们采的是温泉草，专治冰人，但是毒性太大了，要用辟毒草药，这草药我当天也采了，只是不知如何使用。我便嚼碎含着一试，你们果然没有把我下葬……”

“什么解药……”

“山顶有七叶一枝花……”

“噢！天啊！先生，你把我们吓死了，应该让我试……”何九斤抱着祁先达，抱得紧紧的。

“我用一命换你们下山从良，解救多少生灵啊！”祁先达在何九斤耳边轻轻地说道。

「第九章　山城行医遭软禁」

那时的旧中国烽烟四起，军阀混战，各立山头。各处地头蛇、草头王都打起旗号，自立为总兵。四川之地，蜀道之难，军队无法压境，此地各处军警纷纷自立山头，划地为王，只是苦了老百姓，只见蜀道上成群结队的难民，怨气冲天，尸骨遍地……

祁先达治好了北雁岭土匪头儿子的病，回到集山镇施药行医，颇觉安稳，声名鹊起。儿子祁承宗已经十二岁了，正在私塾读书。祁先达规定儿子上午去读书，下午在药店做学徒，祁先达把自己所有的本领，一点一滴，手把手教给儿子……

这几年祁先达的足迹已经踏遍禹州城，禹州城依托长江，背靠重庆，码头林立，是山城航运重地。码头上草头王四起，小小县城，居然有七个防总，民团立码头为王，因此，这里司令多过牛毛，乱世啊！

这天上午祁先达正在为一位上门求医、满身长满水痘的病人施药，忽然有两个穿着黑衣，戴着黑大盖帽，背着长枪的人，站在祁先达面前。

"先生……"

"你们？"祁先达抬头一看，吓得心里乱跳。

"噢，别害怕，我们是城北门袁南仁团总的手下，团总的三姨太生病，派我们请您老上门延医。"

"团总？三姨太……"

"我们是驻守县城北门码头的水路军……"

"城里有医院、洋医、大医生，我这个小小山野草医……"

"什么刁洋医、专家、大医院全都是草包，三姨太是什么医生都看过，那病症却是日渐严重，听闻您老专医奇难杂症，名扬山城。我们团总慕名敬仰，特派我们前来，敬请先生到县城一趟，为我们三姨太诊治。"瘦猴　般的兵丁说着把一大盒礼品放在桌子上，“团总的敬意请笑纳……”

“这个，这个……”祁先达停下手来，摸着后脑勺。

“不要这个那个了，走吧！”

“我得给这病人搽完药膏啊！”

“叫手下搽吧！走！”高瘦个子兵丁上前喝道，凶神恶煞地把肩上的枪取了下来，吓唬人。

“那，那我拿药袋。阿香芒，我的药袋！”祁先达边走进内屋边喊道。

“在这里……”邓香芒在里屋答道。祁先达进了里屋，在邓香芒耳边耳语一番，把家里店里的事做了简单安排，末了又说：“儿子的课程可不敢误啊！这些天你就教他制药吧！”

“你，先生……”邓香芒担心丈夫此去恐有凶险，眼里含着泪水，上前拉了拉他的手：“小心，小心……”

……

祁先达在前，两个黑衣兵在后，被押着走上公路，有辆黑色的军车停在那里。

“先生，请！”瘦猴子扶祁先达上了车。

……

祁先达被大兵押进了北城门团总司令部。草头王团总兼司令袁南仁正在床上抽鸦片，烟味刺鼻。祁先达掩着鼻子。“请先生进厢房。”团总命令，于是祁先达被带到厢房，一会儿袁团总进门便问：“先生可是那个山草仙医……”

“不敢！小的只是山中一草医……”祁先达缩在角落里。

“坐嘛！哈哈哈，没错，就是你了！别害怕嘛，你从此便是我袁某人的贵宾了哦。”团总说着从肩上取下那支德国造大镜面二十五响驳壳枪，搁在方桌子上，祁先达为之一震。

“老总，不不不，司令传我上门有何见教？”

“嘿嘿！我那三姨太关丽君生了个病，几个月了，大医院小诊所，洋医、中医、庸医都看遍了，一直未见效，要是有个三长两短，我难过啊！先生，我听闻你是神医，专医奇难杂症，你可是名声在外，名扬重庆、四川啊！”因为抽鸦片，抽得这团总脸黄牙齿黑。他说完话后哈哈大笑，笑得瘦削长脸上泛起一道道深深的夹皮沟，八字眉倒吊，尖尖的勾鼻子抽了几下，接着从上衣袋里掏出鼻烟壶塞鼻孔抽了两下，“啊啾”打了个大喷嚏。

“那夫人这会儿在何处？”

“内房内房，我带你去……”袁团总起身带着祁先达走进后面卧室。

进了卧室，只见一妇人和衣侧睡。

“先生请。”团总毕恭毕敬地上前摆了一张方凳子。

“噢！”祁先达为妇人打脉，一眼望去这妇人年轻美丽，长长柳眉下一对丹凤眼，高鼻梁小嘴，只可惜瓜子脸上黯淡无光，双眼无神，胸部一挺一挺，呼吸吃力。祁先达打了右脉打左脉，再翻眼睛看瞳孔。

“伸一下舌头！”

妇人张开樱桃小嘴，伸出舌来，只伸了一点点，她有气无力。

“再伸长一点。”祁先达轻轻地说，妇人把舌头伸长了些。

“长官，哦不，老总，你这女人身上长了恶瘤了，但不知……”祁先达不敢讲长在胸脯。

“对对对，你真是个神仙，我这美人坯子在左边奶子上长了一块硬东西，开始只有指头大，而今越长越大了。你看看……”袁团长上前翻开妇人的衣服，忽然两团白雪雪的乳房现在祁先达眼前，吓得他忙转过身去。

“莫怕啰，先生！医病治病，不讲究，我老袁是军人，开明，我这女人的奶子都让好多医生摸过了，你莫怕，治病嘛！来来来……”袁南仁硬把祁先达拉到妇人近前，“诊一下……”

妇人乳峰高耸雪白，乳头晕红，只见左边奶子大了许多，乳晕乌黑，祁先达找到病灶，伸手想去按捏，却又把手缩了回来，这可是草头王司令的女人啊！别造次！若是一般病人，他早已按摸断症了。

“哎！先生你还计较！我走开，你尽管查实病根……”袁团总说着转身走了。

“这……”祁先达依然不敢伸手。

“先生，听说你是神医吧，不计较！我是病人，请先生救一命，摸哪里都应该，治病症哪能计较……”妇人银铃般的声音，句句真情，又说道：

“我本是庆城川剧团头名花旦，袁团总抢了来……”妇女说着泪流满面。

“这流氓每天抓我奶子几十回，好痛……”妇人抽泣着。

也罢，死就死，一定要断症，祁先达伸出右手，在这妇人高耸的左乳房上，按压着，又摸了几下，终于在乳房下方根处摸到一块硬硬的东西……

“夫人，你这病有半年多了吧！”

“是啊！都快一年了，疼啊！抽疼，吃不下，睡不着……”妇人痛哭流泪。

“夫人啊！你长得可是乳瘤子啊！怎么拖了这么久……”祁先达站起来，搓着双手在屋里打转。

“先生，断症了吗？”这时袁团总走了进来。

“断了，断了，断准了，拖得太久了，良性转恶性，乳腺毒瘤。

“怎办？有救吗？”

“有是有，手尾长，要上高山采特效药，我目前没有这几味药。”

“采药，好好好！我派人随你调用……”袁团总两眼放光。

“这药要去广西十万大山……”

“广西十万大山？上天都要去。我给你派四个兵丁，费用带足，速去速回。”

“那可不敢，十万大山，土匪多过牛毛，我哪敢进啊！”

“土匪我还怕，我派，派……”

“派多少？”

“一个加强连，一百八十个兵丁，五挺机枪加十门钢炮，你放心，那些个毛匪压不住我的钢炮机关枪。你放心，再不够，我再派再派，只要采到特效药……”

“那得赶快，中秋将近，此药只在中秋前三天，后三天才可采到，还要派些特种兵丁，会攀峭壁崖顶的。”

“有有有，我有工兵，带上攀城墙的工具就行了。我看后天就出发，派三辆兵车任你调用……”

“到了那边山下，也就不能行车了……”

“是是，赶快，传令兵！”

“到！”传达兵全副武装跑步进来。

“安排好先生吃住，先生要什么给什么，好生款待，不可怠慢。”团总严肃下命令。

……

八天之后，祁先达身穿袁团总发给他的中校军装，乘着军用吉普车，领着一个加强连兵丁，一路风尘，回到北城门司令部。此行十万大山，在攀登悬崖采摘“返魂草”时摔伤了两个士兵，一个断脚，一个断手，幸无人跌死。

这返魂草，只现身于中秋前后六天。生长在大悬崖石缝上，全凭一层簿沙尘成长，高不过三寸，叶不过六片，样似枇杷叶，又称石面枇杷，不过比较细小。此药有特效，能打散任何肿瘤和肿块，药到则散。祁先达又亲自到山下沟沟寻找到“饭汤果”树根。有了这两味特效药，回去再配上“鹰不企”、两面针、“千钩吊”、“败孖草”、蒲公英等，加以施针针灸，这个三姨太也可转危为安了。祁先达一路上思考着治疗方案。但是又不能长期住在这袁团总的家里啊，集山镇那里有我的家和药店啊！

“团总，今天我要回家取药，还有几味特效药在我家里……”他那天为三姨太下针后找到袁团总商量。

“那可不行，你走不得，扎针哪能停。这样吧，你写下药名，我派兵丁去取……”袁团总生怕祁先达一去不回逃进深山，他那美人儿便没得救了。

“那那那……”祁先达左右为难。

“别那了，传令兵叫副官。”

“是！”

少顷，一位中等身材的军人走了进来。

“司令……”

“你派个副官到这里来一下。”

“是！”

袁团总派了个少校副校官带上两百银圆，拿着祁先达的药方子和信件，匆忙出门。

“连夜赶回程，天亮不见，军法从事！”袁团总下了死命令。

没过多长时日，副校官把几味特效药带了回来，祁先达按方施药，袁南仁心里却在嘀咕着这药到底管不管用。

自从那个副校官从家里取走药，一个月过去了，邓香芒仍不见丈夫回归，心急火燎，她想进城看丈夫。但是她又一刻也走不开。祁先达把施针、治病要诀全教给了她，而今丈夫不在，药店每日病人不断，她只能顶替，不能走开。还有那儿子，上午读书，下午要带他认药看祖传药典，还要教他制药。儿子是祁家唯一的传承人，从小传教，不可断香火。

那边厢泰老板的太太染了肝病，每天都要给她施药、施针。邓香芒真是无法抽身啊！幸得西山尖那个山匪头，去年死了，丁翠花也回家去了。邓香芒也少了许多麻烦，老父亲八十多了，身体硬朗，弟弟能行能走，家务医务都靠他们帮忙了，如今唯一希望只有儿子祁承宗了。

……

又过了一个月，卧床数月的娇太太终于可以起床行走，病有好转，肿块也小了许多，脸上泛起了红晕。

祁先达好生挂念妻儿，他离家这么久了，让这些草寇团总，用枪扣押了这么久，走一步都有两个兵丁荷枪实弹跟在屁股后面，怎么才能摆脱呢？祁先达医病有妙手，斗智无计谋，这次他给三姨太施针时，恰好袁南仁也在房子里。

祁先达轻声问：“夫人还疼痛吗？”

“先生真是神仙，不痛了，看！都消肿大半了……”三姨太揉着左边乳房说。

“真是妙手回春啊！先生是神仙……”袁南仁眼见自己心爱的三姨太日见好转，脸色红润，此刻的袁南仁心情特好，亲手捧上一杯茶，笑眯眯地说。

祁先达看见这个草头王今日心情这么好，便趁机求道：“袁总啊！夫人到了这个疗程，需要换些草药，我明天想回集山镇药铺拿药，你老可放行？”

“这个吗？要换用新药？”袁南仁摸着下巴的黑胡茬问。

“是啊！这需要分疗程下药，打散的毒水不能留在体内……”祁先达编谎言。

“那么，好！我派人护送你！”

“不用了吧！老总，我速去速回。你还不信……”

“不，不是不信，是为了安全，如今四处兵荒马乱，生怕有个闪失啊！”

“那也好，先生你就听他的话吧！”三姨太坐了起来说。

祁先达心里想：没有法子了，实际上我已经被软禁了。唉，为了见一见妻儿，押就押吧！

“那也好，你派人押着我吧！我可要宿一夜才回啊！”祁先达无奈地叹了一声。

“好好好，我派两个兵丁，日夜保护你……”

“日夜，夜里也……”

“放心，夜里他们就在你门外站岗，你放心和婆娘睡安稳觉吧！他们保你安全……”这个草头王生怕祁先达睡到半夜溜号。吩咐两个兵丁，守在祁先达房门外。

天黑了，两个兵丁押着祁先达到集山镇，走进家门，迎面遇着久别的爱妻。

“先生……”邓香芒惊喜交集，顾不了许多了，冲上前，拉着祁先达的双手泣不成声：“先生，先生……”

“爹爹……”儿子祁承宗听见母亲叫先生，知道是父亲回家了，从里屋直奔出来，扑在祁先达的身上：“爹爹啊，多少时日没得回家啊……”

是啊！祁先达被这伙匪兵掳走了有一个多月了，愁坏了妻儿，愁坏了岳父大人邓松山。邓松山也曾派伙计，四处打探，总是找不到下落，得不到半点消息。

邓松山哪里知晓，袁南仁这个草头王，生怕有失，不许祁先达出门上街。偶尔要出门配药，也是让祁先达穿上中校军装，由四个士兵押着上吉普车。一路不许下车，这样的囚禁，你们哪里能找得到，在那个岁月，有枪就是草头王啊！祁先达无奈，邓松山无奈，邓香芒无奈，千千万万的乡民百姓都无奈啊！

兵荒马乱的社会……

「第十章　军阀抓壮丁，无奈被从军」

“噼噼啪啪！”禹州城内忽然间枪声四起。军阀伍比夫的一支队伍入川占领地盘，路过禹州城，四处抓壮丁。

禹州城内本有守军三万八，无奈东西南北城门守军各自为防，无法统一抵抗。因此，一支支的草头王总兵队伍，被伍比夫的队伍包围缴械，收编去了。占据北城门的总兵头子袁南仁指挥队伍，在城墙上抵挡了一阵子，军阀队伍往城墙上开了几炮，吓得这些草包兵屁滚尿流，顷刻之间城门被破，大部分守城士兵投降了，军阀直捣袁南仁指挥部。袁南仁早已携着三姨太落荒而逃，不知去向，只抓到了身穿中校军装的草药医官祁先达。于是，祁先达和四个卫兵名正言顺地“归顺”了。从此，祁先达被逼从军……

祁先达和众多被俘的禹州兵都缴了械，上了轮船，轮船连夜开走，一直沿长江往湖北方向开。船上拥挤不堪，连坐的位置都找不到，众兵丁大都拥挤得像沙丁鱼，臭气冲鼻。祁先达躲在船舱角落里蹲下，脱去袁南仁给他特制的那套中校灰军装，从自己布袋里掏出便衣换上，把那套军衣垫在屁股底下，背靠船板，迷迷糊糊睡着了。

军阀轮船到了宜昌码头便停了下来。

“起来起来，到了，到了……”有值星官四处大声嚷嚷着，其实大部分兵丁都站着，不用“起来”。

伍比夫的军阀部队在这里设了一个兵营，经营多年。此处是兵家要地，面临长江，背系重庆，可沿长江而上，打荆州攻武汉，或可打进湖南岳阳。因此，伍比夫在宜昌长江岸畔背靠武阳山一带建了个大兵营，积聚十万兵丁，准备攻下武汉，北上呼应……

祁先达已经换上了便衣，上了岸他东张西望，内急了，去哪里大便呢？没有厕所，怎么办？天蒙蒙亮，杂乱的队伍乱七八糟，因为尚无编队归属，各走各的，在督兵们的皮鞭下，慢吞吞地走在山路上。督兵们并不担心有人逃走，因为这里除了兵营，就是长江码头，因此他们赶鸭子似地赶着黑压压的一片兵丁。

祁先达内急忍不住了。他走在人群外侧，捂着肚子，不见身边有“督兵”，就一头钻进路边的灌木丛里，脱下裤子，连珠炮似的屙了一大阵。天啊！昨天夜里，他们给的那馒头是泻药吗？祁先达哪里知道，那是一个变质多日的馒头，他只咬了几口便扔了。

拉肚子，拉了好久。太困了，太困了，拉着拉着，他竟然倒在草里呼呼大睡……

当他醒过来睁开眼睛：哇，不好了！猛烈的太阳晒得屁股焦辣辣的，太阳都西斜了。他赶忙拔了几根山草擦了擦屁股，提上裤子，转念又一想：不好！逃兵是要被枪毙的，怎么办？如今大白天怎么走得了？他弯着腰走向山里的小树林，躲一躲，天黑再说吧……

夜幕降临了，祁先达轻轻地往山下江边走去，有时几乎爬着下山。大约半夜时分，他爬进码头，面临长江水，活像一只落汤鸡，蹲在那里想着生路：有船吗？木排都好啊！钱？我布袋里倒还有几十个大洋。他不断往江的两头张望，忽然远处有灯光移动着，听见“哒哒哒”的声音，船轮从东边驶过来。接着又从西边射过一束灯光，又一阵响声。船，两头都有了船，我有救了，有救了！半个时辰过去了，有一艘轮船靠码头，有人下船了，祁先达刻不容缓冲上了船。

“干什么？干什么……”船上有个戴着大盖帽的船员拦住他。

“我搭船！”

“船票呢？”

“我没，没有……”

“在这里补！”

“好好好……”祁先达掏出一个大洋。

“给！”

“哇！我没零钱找给你……”

“不用了，大哥，你收下……”于是，祁先达一头冲进船舱，里面好宽敞，有椅有床，太好了！祁先达躺上一张小床，睡着了。心里想，好多了，逃过劫难，回家去见婆娘儿子，重操旧业。

……

轮船在长江上又行走了一天两夜，第三天天亮才到达码头！

“到岳阳的下船了……”船员大叫大喊。

“什么？岳阳？不是重庆吗？”祁先达慌了，我怎么坐错船了啊！我不是要回重庆转船去禹州吗？怎么到了岳阳？祁先达糊涂了，上船时看见船边写的大字是“重庆号”。轮船去哪里呢？他没有问，只管上船，重庆号还会错吗？天啊！祁先达真是没有见过大蛇拉屎，没有坐过轮船，“重庆号”是船名不是方向啊！错了错了，怎么办？船到码头，还不下么？

“先生这船还去哪里？”

“鄱阳湖！”

“鄱阳湖是什么地方？”

“江西九江啊！”

“哎呀！我这是越错越远了啊！不行了，快快下船……”

祁先达无奈地在岳阳码头下了船，毫无方向，迷茫地走着，后来走进长江边上的一个村子。他在村头问老人。

“先生这是什么地方？”他在村头问老人。

“江舟村。”

“江舟村有什么客栈吗？”

“村里没有，你要去洞丁镇才有客栈。”

“怎么走，有多少路？”

“从这村边大道一直往南走，有三铺路吧！”

“三铺，三铺是多少？”

“一铺十里呀！你不是本地人？”老人看着面前这个落魄的小个子，有些可怜他。

“你先到我家里歇一宵吧！日头快落山了，明早走吧！”

“不了，不了，我还是赶路……”祁先达急于找到有车船的地方，好尽早转车船回禹州城。

“我劝你还是不要去洞丁……”路人劝祁先达。

“为什么？那里没有码头？”

“有是有，但是那里正在发人瘟……”这位村民在祁先达耳边郑重道。

“人瘟？”

“又肿又拉浓血，天天死人，善堂收尸都收不过来……”

“那是什么瘟病？”祁先达要了解病根。

“这我不明白，都有半年了……”

“是这样吗？”祁先达心头有些动摇了，那个地方有码头，却发生人瘟？什么人瘟，生病嘛！一天死那么多人，那还得了？不行不行，我得去打探一下。祁先达记起了遗训：“医人者不惧病魔鬼怪……”想到这里，他不顾那位好心人的劝诫，转身急匆匆地上路了……

傍晚时分，祁先达来到洞丁镇，镇上大街小巷死寂一般，行人稀少，毫无生气。店铺都关了门，沿街居民关门闭户。只有几辆板车，车上放着死人，从身旁走过，死人都用破席子卷着。市场有几个人在卖菜，也是冷冷清清。转过市场，看见一个“洞丁客栈”的招牌。客栈，唉，先住下吧！

“老板有房吗？”祁先达走进客栈。

“有哩，你要多少间？”客栈久无生意，大小客房都空着，自从灾难降临之日起，跑这里的桐油商人、茶油商人、麻布商人、轮渡都绝了来往。

“我就要一间！”

“好哩！”

祁先达要住大房。

“先生住这么大房？”

“是，我有用……”祁先达付了三个大洋。

“先交押金……”

“先生住几个日头……”

“再说吧！”

“先生做哪行？”店老板不知这个不起眼的矮个子先生究竟是哪方神圣，竟敢在此死人镇住下来，也许他还不知情吧！

“我不做生意！”祁先达拉着老板坐下。

“老板，你们这里发生什么事了，街上无人，店铺关闭，居民也关门……”

“先生，你有所不知啊！”

“什么事？”

“瘟，人瘟……”

“人瘟？怎么瘟法？”

“渔民引起啊！是湖里打鱼的人引起的啊！”

“什么病状？”

“开初嘛，又冷又热，打抖，然后又是肚子痛，翻床滚席，后来便屙血，好浓的血，最后肚肿、脚肿、面肿而死。先生你可别四处行动，更不可上艇家那里……”

“噢！这也不算人瘟啊！”祁先达拍了拍老板的肩膀说。

“这还不算？”

“这是吃了一种有毒的东西之后，人传人，那屙出来的血是可以传染给别人的。”

“你是？”

“小小草头医……”

“医仙！”

“不是，是草医，你带我去市场走一走，可以吗？”

“好好好，我派个伙计！阿罗，明早，你带这位先生在市场街巷走走……”

……

翌日，阿罗用毛巾捂着口鼻走在前头，祁先达四处观望，只见街边水沟有一种黑丁螺壳，散落各处。走到市场一看，竟然有几个妇人在地摊上摆卖这些黑纹丁螺，他走上前去。

“大嫂啊！不能卖，不能卖，这种丁螺有毒，大毒啊！不能吃……”

“你胡说，这是我们湖里的特产，吃了这么多年，毒你去死……”一个胖女人叉着腰上前指着祁先达骂了一大通。

“你……”

“先生！回吧……”阿罗拉着祁先达往回走。

祁先达找到老板。

“你们镇里有医生吗？”

“先前有个医疗所，这几月发人瘟，走了走了……”

“那，镇里有头人吗？”

“有啊，镇公所。不过人都走光了。”

“有人守门吗？”

“有。”

“那你带我去镇公所走一趟。”

“你有事？”

“治人瘟！”

“你？”老板瞪大眼睛盯着这个小个子。

“我！你们能帮忙吗？”

“能啊！你能治好这人瘟，就是神仙，我们都给你打下手。”

于是，老板带着祁先达去了镇公所。恰好镇公所所长从县城回镇里办公事。

“胡所长？”

肥头大耳，挺着大肚腩的胡光镇长抬起头一看：“哟！姜老板！”

“所长啊，神仙来了，治人瘟的神仙来了。”

姜老板把小个子祁先达推到镇长面前。

“这位是……”

“我路过这里想搭船回重庆，只见码头关闭……”

“发人瘟啊，你不怕死？”镇长惊愕地望着这个不起眼的小个子。

“不是人瘟，是人为的螺瘟！”祁先达说着从上衣袋里掏出一把黑纹丁螺壳道，“所长这是瘟病所在！黑纹丁螺是不能吃的，因为螺里有许多血吸虫，肉眼看不见，吃进肚子里，血吸虫便在人肚内作怪吸血放毒……”

“这，这这……这里的船民都吃。”姜老板说。

“呀！神仙医生，有救吗？”所长拉着祁先达的手，喜出望外。

“有，你信我吗？”

“信啊！”

“派几个人跟我上山采药，在镇公所开诊所，你看……”祁先达看见镇公所场地大。

“行行行，你要多少人，我派！喂！”他拿起电话，“喂，列队长，你马上派四个乡丁，要有力气的，到我这里来。”

“所长，还得请你帮个忙。”

“什么事？你说。”

“南瓜籽，我在市场看见有人卖南瓜，你们这里一定产南瓜。”

“有有有，家家户户种南瓜。”

“那请他们把南瓜籽收好，送到这里，你请人把南瓜籽炒干，磨成粉，越多越好……”

“好，我马上派人去办。”

“越快越好。还要在所里大厅搭几十张小床……”

“有什么用？”

“救急，救治晚期病人……”

“好好好！我们镇贫穷，请问先生，这医金……”

“我不收钱，有饭吃吗？”

“有有有，到我家里吃。”

“不用，给我送到这里，还要在这里给我安排房间住宿。”

“好！”

“还有，有大铁锅吗？”

“有，我去找。”

“我要在镇公所大门外地坪上架几口大锅煮药汤，叫民众前来取着喝，我无法一家一家地去治病施药……”

“好，好，这个办法好，洞丁镇有救了。”所长高兴得连连作揖，县长三令五申要他治好乡民，否则就要撤他的职，而今好了，天降神仙。

……

祁先达带着乡丁们上山，找到枫杨树，让乡丁爬树采摘了大量枫杨鲜树叶，又采集了大把大把的鸭拓草。

“你们四人，每天都上山给我采摘这两种药草……”他吩咐乡丁们。

“是是，先生是神仙，我们天天采。”乡丁班长唯唯诺诺，谨遵指示。

……

镇公所前地坪上人头拥拥，乡公所里人们排着长队，一个个取到药粉，当场服下。后厅有二十几张病床，那些晚期病人在等待祁先达施银针，祁先达每天为他们施银针一次，服药三次。

……

一天，两天，三天，十天过去了。病轻的寒热已退，病状逐渐消失，病重的不再屙浓血，一批批晚期病人也病愈回家了。三个月下来，洞丁镇的“人瘟”无踪无影而去。洞丁镇恢复了生机，繁荣的码头船来船往，桐油、茶油运出去，洋火、水油一船船运进来。

县长来了，所长来了，居民们也来了。他们舞着狮子，敲锣打鼓放鞭炮，抬着红绸扎成的大红花前往镇公所，要感谢神仙医生祁先达。县政府还备了一千大洋，让乡丁们抬着……

然而，祁先达的房子里空空荡荡，早已人去房空。祁先达走了，他头天夜里乘一艘轮船回重庆了。他心急如焚，半年了啊，妻子邓香芒，儿子祁承宗啊，令他牵肠挂肚！

「第十一章　再被从军，一去不回返」

祁先达在洞丁镇施药，拯救洞丁镇成千上万生灵，洞丁镇的血吸虫病灾难消失了，人们欢天喜地过着安康生活时，想起了这位小个子神医。家家户户提着鸡鸭腊肉、果品，许多小店老板还用红纸包着银圆，前往镇公所临时医疗室报答救苦救难的菩萨医生。他们成群结队，从早到晚，行人纷纷。但是答谢报恩的人群，一个个摇头叹气，见不着神医了，神医早已不辞而别了。镇里民众中传说纷纭，有人说神医不是人，是神仙，神仙从天上下凡救人，救了人便飞天而去。有人还说，这是一位飞侠，会轻功武功，他可能使轻功飞走了……

其实祁先达只是查清了病症之原因，依照祖传秘方，用最简便最快捷的方法就地取材，因地制宜，抢救了洞丁镇的血吸虫病人。依照祁先达的说法，是缘分：我若不阴差阳错坐错轮船，一辈子也不会到此人生地不熟的洞丁镇，我若不被拉壮丁，也不会阴差阳错陷入此瘟疫之地……

祁先达转了三次轮船渡船，又步行了三天五夜，兜兜转转十多天后才回到集山镇。那天晌午，祁先达步履匆匆进入集山镇，急急忙忙走向“泰昌号”。他归家心切。可是，当临近“泰昌号”时，却见泰昌米铺和他的药店门前都挂着白幔，门旁挂着白灯笼。

“不好，家里，不，店里出人命了！”祁先达急急忙忙冲进店门，迎面撞在头戴白花的妻子邓香芒怀里，撞了个满怀，差点把邓香芒撞倒在地。邓香芒一个后仰又一个前扑，搂住了怀里这个冒失鬼。

“鬼撞墙啊！”邓香芒被一个男人撞在怀里高耸的胸脯上，脸孔热辣辣的，羞死了。

“你发瘟……”她用手去推怀中人。

“香芒，我啊！”祁先达紧紧抱着邓香芒。

“你，是哪个嘛？”邓香芒弯腰扶起怀里人的脸一看，“噢呀！冤家，你怎成了这个样子？”

祁先达几个月没剪发了，长发披肩、又瘦又黑，形容憔悴。

“先生噢！”邓香芒认出了自己的丈夫，紧紧抱着，“噢”一声又大哭起来，“你真是先生，不是鬼啊！先生……”

“香芒，莫哭莫哭，店里为何挂白布幔……”

“爹走了，今天是头七……”

“爹？爹怎的了？”

“爹天天咳嗽，咳不停，我们不知用什么药，你又不在……”

“噢！爹瘦吗？”

“瘦！瘦得皮包骨……”

“肺，肺坏了啊！可惜，可惜我，唉，我该斩千刀……”祁先达明白了，岳父是生了肺痨，有草药可治，可惜我不在家，匪军啊！斩千刀的害了我岳父。

“喔喔喔……”祁先达伏在妻子怀里喔喔大哭，“我医好了一乡人，却救不了我岳父一个亲人啊……”

“先生回来了啊！呵呵呵……”泰老板闻声赶来。

“哟，先生，我们都不知你去了哪里啊？”陆管家上前问候。

“爹爹……”儿子祁承宗跑了过来，个头高过祁先达，好秀气的小伙子。

……

一家人，不！两家人，悲欢离合聚在一起，有道不尽，说不完的事，悲欢事儿啊！

重操旧业。祁先达操持起药店来，店里每天门庭若市。那些草头军阀不知在哪个角落打仗，我不管了，跑回来团圆了！祁先达眼见一天天长大的儿子，上午读书，下午由他授医，有时也带着上山采药。祁家唯一的男丁，他决心把祖传的医病秘方、草药秘方和家谱药谱一一传授给儿子祁承宗。

……

光阴似箭，岁月如梭。晃眼间，祁先达在集山镇过了五年多太平日子，他年过花甲，白发、白胡子，人显得更加瘦小了。可是他那儿子祁承宗却长大了，二十多岁的英俊小伙子，身高遗传了他妈妈，超过一米八，国字脸，高鼻梁，浓浓的眉毛仿佛雄鹰翅膀似的，两只圆圆的大眼睛，好个英俊的小伙子！为此深受泰老板欣赏、疼爱，他把心肝宝贝小女泰瑞珍许配给了这帅小子。泰瑞珍年方十八，小巧玲珑，圆圆的脸蛋，柳眉杏眼樱桃嘴，从小上私塾读书，有文有墨。泰瑞珍是泰老板三姨太的女儿，也是泰老板的独生女。泰老板娶了三房太太，大房无生育，二房难产，母子死在床上，三姨太艰难地生了这么一个宝贝女儿。宝贝女儿成了泰老板的心头肉，但是他更把祁承宗当成宝贝。他心中明白，祁承宗聪明伶俐，深受其父传授医药秘方，其前程不可估量。于是他把这个心肝宝贝疼在心头。

两家人住在一个大院里，还有点不方便。祁先达心花怒放，我这个小草医高攀了，于是天刚亮，他赶忙往禹州城里跑。他得赶忙办聘礼，熟人归熟人，朋友归朋友，婚聘是大事，不可马虎！祁先达步履匆匆，晌午才赶到县城，先到礼饼店订礼饼，再到金饰店订金饰……

“祁医生……”当他走向布街时，忽然迎面有人喊。

“哪个？”

“哎呀呀！祁医生，祁医仙，你怎个不认识我啰！贾三才呀！袁总的亲兵……”一位身穿军服、腰插手枪的高大兵汉子迎上前来。

“噢！老总啊！贾亲丁……”祁先达认出了，面前站的是当年草头王袁总兵袁南仁的贴身卫兵，那年月都是他陪着祁先达给袁南仁那个戏子姨太看病。

“袁总兵可好啊？”祁先达假装热情地问。

“好好好，升了，升官了，他是最近奉上司军令回禹州城办事。现在是袁旅长，旅座了，少将了……”贾三才狗仗人势，操着一副耀武扬威的口吻。

“哟！升大官了啰，恭喜恭喜！老总，我还有急事要办……”祁先达说着闪过贾三才身旁。

“喂喂喂，忙啥，我们旅座找你好几年了，真是踏破铁鞋无寻处啊！旅座现在可是革命军北阀军了……”

“恭贺恭贺……”祁先达还是要溜走。

“喂！”贾三才上前挡住去路。

“我们旅座找你好几年，今儿个见面哪有不请之礼？快快快，老朋友相见，走走走，跟我去见见今时不比往日的旅座……”

于是，贾三才一手按着腰间小手枪，一手抓小鸡似地拽着小个子祁先达，走向袁南仁征兵总部。征兵总部还设在北城门洞，这个所谓的总部也只有八个兵丁，守门并无什么军队。袁南仁那年逃脱了军阀伍比夫的征兵，坐船上了武汉，在武汉投靠保安队的老乡唐仁秀。先前袁司令的卫兵成群结队，耀武扬威，而今却屈尊做了人家的卫兵。不管了，大丈夫能屈能伸嘛！后来码头恶霸火拼，唐仁秀被乱枪打死。袁南仁自然顶了保安队长之职。去年冬天，国民革命军打到武汉，招兵买马，袁南仁的保安队被收编了，军长刁大元为了扩充实力，四处拉壮丁，一个军才几百人，叫什么“军”？因此他滥发军衔，招一千兵丁任师长，招五百人者做旅长……

袁南仁原先在禹州城有七百多兵丁，虽然被伍比夫队拉走了一些，但是还有三几百人逃脱了。于是他向刁大元立下军令状，保证招兵五百，刁大元便给了一个少将旅长空衔，让他回川北去招兵买马。临走时刁大元派了两个亲兵跟随他去征兵，一个任参谋长，一个任副官，以便监督。

袁南仁到了禹州城招拢旧部，也只招了四十多个旧兵丁，同时又从美丽堂收了个妓女做老婆。原先那个戏子姨太太早在他逃走时走散了，下落不明。这袁南仁去妓寨找妓女，看中了这个颇具姿色的妓女柳杏花。柳杏花最近阴道发炎，疼痛难忍，四处求医却未见效，袁南仁正心急如焚啊！这女人阴道发炎，臭味难闻，我上不了马啊！难忍，难忍，还得上妓寨去放松……

“报告……”

“谁？进来！”

“报告旅座，你看我找到哪个了？”贾三才把祁先达推到袁南仁面前。

“噢！先生，先生……”袁南仁喜出望外，踏破铁鞋无寻处，得来全不费工夫啊！

“先生，请坐，这几年可安好……”

“好好好，老总你升官了啰……”祁先达作揖道。

“哎呀！这下好了，好了！快快快，我那夫人正患病哩……”

“什么？你那夫人又病了？”祁先达茫然地问。

“不，不是那个，那个不见了，这个不同……”袁南仁忙拉着祁先达进里屋，只见里屋一个女人面容灰白，侧身斜躺在床上。

“先生，看看吧！女人病，女人病……”袁南仁给祁先达搬过一张椅，放在床前，并挥了挥手让贾三才出去，因为这次可是要先生看女人那个要害处，不得让外人看见。

祁先达无奈，上前为这女人把了把脉，看了舌头看瞳仁。

“老总兵，这太太的病……”

“听人说是妇科，那，那个道道发炎……”袁南仁忙把病情说了一番。

“不是啊！不是一般妇科发炎啊！这病……”

“什么病，要不要看看？快脱下裤子……”

袁南仁忙叫女人脱去裤子，让祁先达看那个女人的阴道。

“不用，不用看，太太患的是子宫肿毒，就是子宫里长了个毒疮，已经开始破头……”

“什么，子宫里生疮……”

“是啊！”

“有治吗？”

“难难难……”

“先生，你还是看看清楚吧！”袁南仁硬是上前脱下妇人裤子，用力拉开双腿，瞬时间太太那个私处现在眼前，祁先达忙转过身去，“不用看，不用看……”

“那能医治？”

“我要回去，上山找药……”

“行，我派人帮你……”

“不用！”

“那可不行，你年纪这么大了，要帮要帮……”袁南仁生怕这先生一去不复返。

“这样吧！今天你就当我这个旅中校医官，不，上校，来人！”袁南仁叫来传令兵，“上校军服来一套！”

少顷，贾三才捧来一套校官军服。

“给上校安排房子，卫兵勤务兵……”

袁南仁下命令了，祁先达再次被征兵，官阶升了一级：上校军医！却是寸步难行，两个卫兵守着。他心急如焚啊，家里儿子的婚期将近，这聘礼呢？还有那妻子。他能不心急如焚吗？

这几天，祁先达利用空闲的时间，在北城附近四处观察寻找逃走的路径。北城门东南面有一道小路，直通城门下的水沟，从暗渠爬出去，可以走小道进山林。他心里盘算着如何爬出去，就是狗洞也要爬出去。

……

夜深人静，祁先达翻来覆去睡不着，门口有两个哨兵，还有一个班在城头巡逻，我插翅难飞啊！城墙上的巡逻规律，一刻钟一个来回，只要我盯住了巡逻兵换班的时间，在巡逻兵回头时钻入城墙根雨水沟暗渠，即可逃出去。但是，我如何能在门外两个哨兵眼皮下走出去呢？用什么法子啊！

翌日天亮，这两个哨兵依然陪他上山采药。他们三人，一连五天找不到金钱草和饭汤果，今天要翻过山羊岭，上卧牛岗去寻找这些药。路程远多了，大约要天黑后才能回城，不带干粮是不行了。于是那个头很大的卫兵娄白槐背着一袋食物，瘦猴子兵背着七九步枪走在前头，一前一后把个祁先达夹在中间。

日头西斜了，他们才气喘吁吁地爬上卧牛山顶。

“吃饭了吧，先生。”娄白槐在一棵大树底下放下背袋，掏出馒头、咸菜、牛肉罐头之类的食物，末了，还掏出一个行军壶。

“来来来，今天旅座给了我们四个罐头一壶酒，补补气吧！”肥头大脑的娄白槐招呼祁先达和瘦猴子围过来坐下。

“喝！”娄白槐拿出三个杯子。

“酒？”祁先达想了想，酒能醉人啊！我怎么没有想到呢？有了！祁先达想到了出逃的计策了。

天黑后，他们才回城，今天有点幸运，在卧牛岗山上找到金钱草，在山坑旁找到了饭汤果。

半夜时分，门外两个哨兵还在吹牛，瘦猴说今天是他找到的金钱草，旅座肯定会奖励他。

“大哥啊！到时候我请你喝酒……”

“喝酒？什么好事啊？”说话间，祁先达一手拿着一瓶法国白兰地，一手拿着香味扑鼻的烧鸡走进哨兵值班室。

“先生你……”娄白槐迎上前去。

“来！庆贺今晚找到草药，谢谢你们！来，干一杯，旅座给我的法国白兰地。”

“哇啊呀！好酒好酒……”

于是他们三个在哨兵室喝了起来，只见祁先达一口未沾，那两个兵丁喝着美酒，一杯又一杯，喝得酩酊大醉。祁先达上前摇了摇两个酒鬼，两个兵丁醉成一摊坭。

机会来了，祁先达回到房里，抓起那个黑布袋，蹑手蹑脚地走出门，走向北城墙。当他靠近城墙根弯下腰寻找雨水沟暗渠口时，忽然迎面走过一个黑影。

“不要动！”

“谁？”

“先生！别跑啊！”

天啊！祁先达哪里想到，袁南仁害怕祁先达逃跑，布了明哨又布暗哨，几十只眼睛日夜盯着祁先达啊！袁南仁怎么可能放走祁先达呢？我这支队伍的军医就是祁先达，过几天上船成了北伐军，祁先达便是我旅的随军军医啊！袁南仁这次扣下祁先达，原意不在医治那个妓女姨太，这样的草头王还在乎一个女人，一个妓女么？有枪就是草头王，做了少将旅座到哪里没有美女……

过了半个月，袁南仁通过各种手段，从四乡八里硬拉强征，抓到了六百八十多个壮丁。人数凑上了，达到军座要求了，于是他强征了一艘客轮，连夜把囚在牢里的壮丁押上了客轮。最关键的是上校军医祁先达被副官和八个警卫押着，也上了轮船。

祁先达被“请”上轮船，当了北伐军袁南仁旅的随队军医。从此，祁先达一去不复还，下落不明，人间蒸发了。

……

“洪总，关于我太爷的事，我们家史上只谈到这里，太爷到底去了哪里？是生是死，容后再禀。”祁石生叹了口气。

“哦！曲折，曲折哎，人生沉浮天算啊！那他儿子祁承宗呢？”洪总问。

“那是我爷爷了，这得让我慢慢说下去……”

「第十二章　子承父业，当了抗日军」

几年过去了，祁先达依然杳无音信。祁承宗已经二十多岁了，小伙子长得像一座小铁塔，身高六尺多，国字形脸庞，平头短发，浓眉大眼，大鼻大嘴，声音洪亮。他遗传了母亲的身材，也遗传了父亲的智慧。几年之中，他夜夜挑灯苦读祖先医传、祁家史书；白天做妈妈的助手，配药、施针、上山挖草药。药王世家传到了祁承宗这一代，依然是四个字：悬壶济世。

如今老父亲从军去了，不知生死踪迹，母亲满头银发，舅舅邓桐林也于前年去世了。妻子去年为他生下儿子，取名祁永继，一家人依然在集山镇上开铺施药行医，招牌还是“先达药店”。

“承宗啊承宗……”刚刚吃过午饭，忽然一位满头银发的老翁拄着拐杖，边走进店门边喊道。

“哪个，哪……”祁承宗走到铺门一看，顿时傻了眼。

“先生，先生……”祁承宗赶忙上前扶着老先生。

“先生您老……”

“我有要事相告……”老先生鲁德义年过八旬，祁承宗曾在他私塾读书三年。最后一年，鲁德义只有一个学生，那就是祁承宗，两人情同祖孙。祁承宗聪明好学，博得老先生真传，鲁德义年老风湿缠身，是祁承宗父亲常常上门施针治疗。因此，鲁德义感恩祁家，祁家也感恩老先生对祁承宗的栽培。祁承宗完成学业之后，还是常常去看望自己的恩师。

“承宗啊！世道乱了，日本打入我们中国，占去东北三省。最近我们川北山区又是兵匪四起，处处揭竿，拉兵丁搞什么军，这云贵川自古官兵匪如牛毛，战争要隘处处有。你那老父亲一再受兵匪之害，如今生死未卜。你呀，还是快快离开此地，回到你家祖居地去吧！越快越好，城里天天在抓丁抽兵……”

“噢！又起抓壮丁？”祁承宗日夜在店里施药救病人，两耳不闻窗外事，现如今听先生这么一说，目瞪口呆，如何是好？我这个家老的老，小的小，倘若我被充了军，这个家……祁承宗不敢再想下去。

“可是，先生我如今老的老，小的小，如何走得，还有我那祖居地在何处？只见家谱记载地点，但不知东南西北，我到哪里去找……”祁承宗搓着手，在老先生身边绕了一圈又一圈。

“承宗啊！你可以分两步走。”老先生给祁承宗献策。

“两步？”祁承宗一脸迷茫。

“对，分两步，你母亲还算硬朗，这药店暂时由她掌管，还是过得去的。你一个人先去探路寻根，寻到祖居乡里，然后再回这里一举搬家。城里抓丁抓得凶啊，听镇公所兵丁说，最近有国军要到集山镇征兵打仗，不知真假，你还是早走早好。抓兵拉丁总是抓青壮年，你正合适，你妈和妻儿不在拉丁之列，你放心快走吧！”老先生一再催促祁承宗。

“那好，那好，谢谢你，我和母亲商量安排一下。先生今晚就在这里吃便饭吧！”

“不，不了，我那边有两个学生，赶紧去告知他们……”老先生说着急忙起身，忽地打了一个趔趄。祁先达忙上前扶着。老先生拄着拐杖，颤颤巍巍地迈开步子走了……

夜深了。祁承宗和母亲邓香芒、妻子泰瑞珍三人在油灯下商量着举家返回祖居地的大事。

“儿呀！你可要小心，一路上车船都要看清楚。别误了，早去早回。”母亲再三叮咛，“别像你父亲把船都看错了……”

“妈妈！我读过三年私塾，古文都会，还会看错船名？”

“不是船名，是船行的方向……”母亲依然不放心。

“妈妈！你老放心吧！儿子是读书人出身……”祁承宗拉着母亲的手，轻轻地抚摸着。

“你要早去早回……”泰瑞珍泪珠涟涟。

就这样坐着，一家人面对面坐到天亮，有多少话交代不完啊！因为他们心中有个魔咒，这个魔咒就是祁先达的失踪……

祁承宗这次出门，违背了祖训，不背药袋。这次邓香芒害怕儿子一路行医耽搁时间，盼望儿子一路轻装顺风，早去早回，免除波折……

祁承宗从禹州城码头上了往重庆的船，一路顺风顺水，翌日早晨在重庆南三码头买了船票，可是他一打听，没有去广西的轮船。

“怎么办？我的祖籍是广西金州城金岭集啊……”再打听，原来这里并没有直达广西的轮船，广西邻海，内河轮船怎能行海呢？只能走武汉，转火车站去广西南宁……

祁承宗从未出过远门，在那未知的路上兜兜转转，乘错车，走错路，艰难万分地进入了广西境内。广西讲粤语，祁承宗一口川北口音，真是鸡同鸭讲，沟通起来难上加难。只好一步一住，兜兜转转。出门三个多月了，祁承宗才来到广西池岭州，池岭州是大山区，山山相邻，矿井处处，到处在挖煤，弄得路黑、山黑、城黑、天黑、地黑，人也黑，这里的人大都在煤井里挖煤。

“老板，请问金州城怎么走？”祁承宗走进一间小饭店，要了一碗米粉，边吃边问。

“哎呀！兄弟你走背了，这里可不能去金州啊，去金州必须在南宁乘车往桂林，再从桂林转金州……”

“完了完了，上当了……”祁承宗捶胸顿足。原来，他在南宁车站下车，走出广场问路，一位中年妇女把他带到一辆货车旁，货车又黑又脏。

“兄弟！这位先生要去金州，你带一趟……”女人向货车司机打招呼。

“好，一个大洋！”司机说，祁承宗拿了一个大洋给司机。

“上车厢！”司机往身后一指。车厢拉过煤，黑乎乎的。无奈，祁承宗只好走到后面爬上货车。这运煤车也不地道，五十里地收了他一个大洋，一个大洋可以买两担米啊！天啊！那女人是他的老婆，夫妻档啊！这煤车是要去池岭拉煤的，他们把祁承宗骗往池岭，白白赚了一个大洋，却害苦了祁承宗啊！

祁承宗只得找间客栈住下，再做打算。

翌日，祁承宗在池岭市街头上寻找车站。这里没有车站，都是运煤车，怎么办？怎么办？没有码头，没有车站。他垂头丧气地走在街上，漫无目的。

只能回到客栈，到了客栈，找到老板付了一个大洋，请老板帮忙。老板见有一个大洋，也就热心帮忙找了一辆煤车，这煤车是运煤去南宁的。货车司机姓杨，杨司机要了一个大洋，祁承宗眉开眼笑地坐到驾驶室司助位上，一路奔向南宁……

祁承宗这一趟顺风顺水到了南宁，在南宁客车总站看见了去金州的客车，三天一趟，于是买了一张三天后的车票，走出车站。这时车站忽然鸡飞狗跳，人们四处飞奔逃走，发生什么事了？他抬头望去，一大队军爷手握钢枪，冲进车站广场四处抓人，原来是白崇禧的桂军在抓壮丁。只见一队士兵在车站大门拉起一条红布，横幅上面白纸黑字：“热血青年上前线，抗日救国人人有责。”

噢！桂军正在扩军，白崇禧以抗日名义抓壮丁扩充自己的队伍，蒋介石给桂军拨了五个军的装备和军饷，白崇禧却兵源不足，四处招兵买马拉壮丁扩军……

祁承宗见状，大惊失色，千万不可步先父后尘，走走走！他转身便往后走，走向候车室。不好，候车室哭声一片，桂军正在里面抓壮丁，他转身往外走，恰好碰在一个兵丁怀里。

“哈哈，好壮实的兵……”拉住祁承宗的是一个老兵痞，三次卖身当兵。如今上司有令，抓丁一名赏银光洋三个，今天这是第十个了，哈哈哈，发财了，今日我三十个光洋落袋。于是祁承宗被五花大绑，绑去当“抗日兵丁”了……

所有壮丁通通被装上火车货厢，连夜运走，运到筐城教导队集中发军衣，编队伍。没有训练，一个个上战场当炮灰。祁承宗高大威猛，长得一副好身材，师长一看，把他从队伍中拉了出来。

“你叫什么名？”

“祁承宗”

“多大？”

“二十六！”

“正当年！”

“家住何方？”

“祖籍还是住地？”

“都要。”

“祖籍广西金州，现住川北集山镇，家有母亲、妻儿，我……”

“那不管了，日本兵打入中国了。抗日救国，人人有责，你不愿意？”

“愿意！岳飞精忠报国，我们要打走日本鬼子，我愿意！但是我必须与母亲妻子一别，你放我回去和他们告个别……”

“不用了，来不及了。你读过书？”

“读过私塾三年……”

“那好，留在师部做文书，参谋长！”师长一声大喊，走过来一位戴上校军衔的中年军人，一脸黑胡茬。

“报告！”

“把这个兵带到师部做文书，上士军衔……”师长下令道。

祁承宗被征入白崇禧部的176师，师长白俊元，是白崇禧的老乡。幸运还是不幸都难说了。幸运的是他被安排在师部做文书，不用下连队、上火线搏命。不幸的是，他半途被拉去当兵，依然逃不过父辈之厄运。祁承宗跟着部队一路北上抗日，到了河南。此时日本鬼子正入关，部队在河南大堆集外郊扎营待命。

祁承宗在师长办公室做文书，每天只是抄抄写写。他在私塾读书三年，老先生教他临摹柳公权，因此他有一手公权体的毛笔字。师长十分欣赏，发什么行军文牍总是要他书写，祁承宗成了师长的私人秘书。但是他十分讨厌穿军装，而且军长给他升了中尉的军衔，中尉虽然是下级军官，但是穿戴起来，依然那么威武。可是这个祁承宗依然穿着他那套唐装。师长因为爱才喜欢他的字，也就批评批评，睁一只眼闭一只眼，看他只在营房之内行走，也无大碍。但是师长见这青年人那么固执古怪，心中不免纳闷：一个乡民被抓壮丁，进入军队，有军官装不穿却穿便装，那可是别人求之不得的啊！为什么？师长想当面问个究竟。

“来，祁文书，我问你一件事！”

“什么事？”祁承宗穿着唐装在师长面前笔直地站着。

“你为什么不穿军装？”

“报告师长，让我说实话吗？”

“说实话，说什么都行，实话……”

“我爹是穿上上校军装，至今生死不明的。”

“噢！你爹也是军官？”

“北伐军征了去做随军军医。”

“军医？你爹是医生？”

“我们世代行医，草头医……”

“你呢？”

“祖传遗训，一生行医。”祁承宗接着说，“师长，我家有老母亲、妻子、儿子，还有许多病人等着我。你行行好，放我上山去采药行医吧……”

“报告！”祁承宗话音未了，门外有传达兵大喊。

“什么事？”师长问。

“136团团长求见！”

“让他进来！”

祁承宗转身要走。

“师长我……”

“无妨，看看什么事吧！我还有话。”

“报告师座……”

“祺声兄，什么事？”

“我们团昨天起全团有500多人病倒了……”

“什么？上级让我们准备会战大集训，你们团病了一半？”

“不知什么原因，一个个屙个不停。”

“拉肚子？”

“一天拉七、八次，肚痛就屙，一个个讲内急……”

“拉了什么？”祁承宗禁不住抢问。

“师长他……”团长看是一穿便衣青年发问，不作答。

“说，他是我的文书。”

“一个个拉得都很少，每次都拉一点，像蜜糖水……”

“什么时候开始的？”

“三天了。”

“为什么现在才报告？”

“我们请师卫生队去查了三天，治三天都无法子，这才……”团长低垂着脑袋，“我的副官和参谋长都染上了……”

“这还得了，还得了……”师长愠怒地拍了拍桌子。

“师座，让我去看着……”祁承宗立正说。

“对对对！我和你一起去……”

“不行，师座，那是一种人传人的病，你去不得。”祁承宗上前拦着师长说。

“那好，你先去看看，祺声兄你领路。”

“是！”

……

祁承宗到了十里路外的136团驻地。走进兵营，只见许多士兵，倒在床上哀号，一个个面色暗黄。

“报告团长，三营又送来26个病号！”卫生兵立正报告。

“现在有多少人了？”

“710人病倒了。”

“我的爹爹啊！传得这么快。”

“团长，请卫生兵送一份粪便给我看看。”祁承宗立正说。

“卫生兵，听到了吗？快快快……”

一刻钟后，卫生兵用纸包来五包粪便，祁承宗到外面空地处打开看，粪便赤黄色像蜜糖。他心中明白了。

“埋了吧！”祁承宗交代卫生兵，“所有病人拉出来的这些东西都要埋到山上，埋深点儿。”

“报告团长，这是急性痢疾，传染性很快，必须赶快治疗，得病的，不得病的，都要治。”祁承宗急忙说。

“怎么个治法？你……”

“团长请你调十个大铁锅驾在操场，派十几名士兵随我上山……”

“好！来人！”

“报告！”

“警卫员派侦察连20人跟祁文书上山，快，一切听从师部祁文书……”

……

祁承宗带着一小队士兵，爬上驻地对面的大山，手把手教士兵们采药。

“你们看，这草叫凤尾草，背两边有金边。这一种叫火炭母，这是羊蹄草，天香炉，小飞扬，大飞扬……”

一个上午，二十个士兵采了二十大包草药。回到营地，团长早已架起十个大铁锅，烈火熊熊地燃烧着，开始煮草药汤。

一个小时过去了……

“团长，请集合队伍！”祁承宗立正道。

“好，全体集合！不过，病倒的……”

“能走者都亲自来喝药，走不动的送去！”祁承宗挥了挥手说。

“报告团长，没有病的也要集合？”三营长问。

“全体集合！”团长怒道。

于是全团一千多士兵，在操场上集合，一个个拿着饭盒排队取药水喝。桶里快分光了，锅里还在熬……

一连三天三夜，祁承宗没有离开。他就和衣躺在操场行军床上，督促全体官兵服药汤，每人一天服三次，不管你有病没病都得服，包括团长。祁承宗成了师长派的“钦差”，团部军官一个个点头哈腰。

第四天，病情止住了。病倒的站起来了，没有再增加病号。六天，六天过去了，药到病除，七百多病号痊愈了，师座亲自开车前来视察。

“报告师座，我完成任务了！”祁承宗上前报告。

“好好好，好样的，神仙啊！”师座上前紧紧握住祁承宗的手，从此祁承宗成了师长的宝贝。师长破格晋升祁承宗为中校参谋，天天陪着师长行走。这可苦了祁承宗啊！他天天发愁，这下我如何脱得苦海，寻找祖居和母亲妻子团聚啊！怎么办？我这个兵……

「第十三章　野战医疗队，大显身手」

“报告！”师参谋在师长门外喊道。

“进来！”师长在看战区文件。

“报告师座，军座到我们师视察……”

“噢！快，军座在哪里？”师长忙起身问。

“在这哪！”人到声到，军长高高的身材，瘦得像根钢条。

“哎呀！你们师那个团的传染病怎么了？听说是一个什么文书治好的？”

“是啊！军座请坐！上茶！”师长上前和军长握手，请军长坐在沙发上，“凑巧凑巧啊！我的部下在车站拉了个有文有墨会治病的壮丁，想不到啊！”

“怎么说？”军长啜了一口茶问。

“这个后生有一手好字，柳公权体，军座你看……”师座忙从桌子上拿过一份祁承宗抄写的文件。

军长掏出眼镜，看了又看：“不错，不错，规范，规范，有功底。不过我听说这个文书治了你们那个团的什么疫……”

“是是是，痢疾，我们都报军部了……”

“对啊，军作战医疗队送了一份报告给我，怎么，文书还会治病？”

“这文书原本就是出自一个医药世家……”

“是吗？”

“家传！祖传世家，祖传草药医生。”

“他用药……”

“都是野外采摘。”

“有那么神奇？老医生？”

“不！年轻，很年轻，才二十多岁！”

“那我看看……”军长觉得新奇，怀疑是这位部下在吹牛。

“来人！”师座跑门外喊了一声。

“报告师座，什么事？”警卫员上前问。

“去资料室把祁文书请来！”

“是！”

少顷，穿着一身黑色唐装布衣的高个子草医祁承宗到了，在门口大喊一声：“报告！”

“进来！”师长应声道。

“还不向军长敬礼？”师长指向座上戴中将军衔的军官。

“报告长官，文书祁承宗前来报到！”

“呵呵呵！坐下！”军长指着对面长沙发说。

“谢谢长官！”祁承宗坐在对面沙发上。

“为什么穿便衣，你不是军人吗？”军长严肃地问。

“这小子不喜欢穿军装，他说他的父亲就是穿了军装失踪，下落不明，所以他讨厌军装……”师长替祁承宗解释道。

“那可不行，军人嘛！你什么军阶？”

“我……”祁承宗吞吞吐吐。

“上尉！”

“刚入伍，你就上尉？”军长用疑惑的眼神望着师长。

“那是他救了700个官兵后破格晋升……”师长解释。

“那也不能连升三级啊！听说原来也就一个上士嘛！小子，你有真本事，从哪学来的？”

“报告长官，祖传的！”祁承宗站起来立正答道。

“坐下，坐下，慢慢说，几代了？”

“到我这里几代了不清楚，老祖是太平天国的军医。”

“祖籍？”

“广西金州！”

“太平天国起义的邻乡？”

“是，我老祖是太平天国随军军医。那时没有洋医，只有中医草医……”

“噢，有道理，你小子得真传了？”

“真传，真传……”祁承宗忙答道。

“上战场能救急？”

“一般伤病可以，我不会像洋医那样给病人开刀。”

“那你会什么？”

“就地取材，在战地上寻找中草药，临时应急——”

“那就够了！小子，好样的，到我那里去！”军长夺人所爱。

“军座，你，你……”

“怎么，舍不得啊？我还无权在你师里调一个尉官？”

“不，不，我们……”

“别说了，我给你一个炮连，炮五十门，总可以了吧？”

“是是是，那可以！”师长眉开眼笑，捡了一个兵，换了一个炮连和五十门钢炮！哇，太有意思了！

……

祁承宗被军长带走，上了军部，军衔升为少校，成了穿呢子服的中级军官。然而，祁承宗还是不穿军装，瞧都不瞧一眼，那威武的少校军服就搁在那里，他照样穿上黑布唐装衫。

祁承宗没有下部队，没有去军野战医疗队，留在军部，住在军长行营之中。祁承宗的卧室一房一厅，就在军长卧室对面，外厅是警卫室。每天四菜，好鱼好肉，祁承宗天天享受着团级小灶，却是天天无事可做，只好每天练字，精益求精。军长把我养在这里，团长级待遇，究竟为了什么？祁承宗十分纳闷，军长的葫芦里卖的什么药啊！他不好问，也不敢问，只见军长一天到晚忙着，进进出出，听陪他的何参谋说，部队准备打大仗，军长忙着哩。

十天过去了，十一天过去了，十二天过去了，日子还是像一潭死水，没有半点波浪。十五天，祁承宗享受团长级小灶的第十五天，军长来了，身后还跟着一位上校军官。

“祁先生！”军长给祁承宗抱拳作揖，“这么多天委屈你了，我忙啊！”

祁承宗一看这架势，军长怎么给我抱拳作揖，不得了！

他忙立正敬礼：“报告军座，请指示！”

“坐坐坐，哪有什么指示。”军长上前按着祁承宗的肩膀。

“这样，这位是我的副官。”

“长官好！”祁承宗忙站起来。

“你是一个老百姓医师，祁先生我有一求……”军长说。

“军座你下命令吧，我听命就是。”

“不是命令，是请求。是这样的，我家老母亲中风三年了，医遍十几个大医院，都不见好转。老人七十岁了，卧床不起，我想请先生帮忙看看有什么祖传秘方，可以……”军长用恳求的口吻说。

“噢！中风？军座，这个……”祁承宗忽然低下了头。

“什么？没有办法……”军长失望地问。

“不！可惜我没有把银针带在身边……”

“这个么？买！快，让副官派人上城里买，市面买不到，去医院征用。”

“军部开条子征用？”副官问。

“但要给钱，给钱。”

“军长，我得自己去看看才行……”

“对对，先生一起去……”

“那么老夫人身居何处？”祁承宗问。

“在老家，江州城，我派车派人带你去……”军长喜出望外。

“军座，我有个要求。”

“什么要求，你说！”

“信任我……”

“完全信任！”

“那，我到乡下给太夫人治病，你把我当家人。我的行走，不要派卫兵跟着我，我不会跑，我讨厌被兵丁背着枪押着行走……”

“好好好。行动自由，给你配把小手枪防身……”

“不！不！不！”祁承宗忙推辞，“我不会用……”

“那也好！”

“军座我可要经常上山采药啊！”

“行行行。”

“不怕我逃走？”

“不怕，你是一位诚实医生，医者父母心。”

“那我给太夫人治病，若有好转，你放我回家探亲……”

“可以可以！探亲？不！把家眷搬到我老母亲那里一起住……”

“那好！什么时候起行？”

“越快越好，我很快开赴前线，要大会战了……”

……

翌日，副官和司机开着吉普车，风尘仆仆驶向江州城。

黄昏，吉普车开进江州城达江街的一座大院里……

吃过晚饭，祁承宗迫不及待地要去给老夫人看病。

军长太太阮佩娟上前说：“先生一路风尘，辛苦了，明早吧！”

“不！早一天看，早一天解除老人的痛苦。”

“那好！阿花，快去告知老夫人，做好准备。”回头对着祁承宗说，“请，先生。”

军长夫人在前面引路。

病床上躺着一位婆婆，满头银发眼神呆滞，口角流水，额上有三道刀刻似的皱纹。祁承宗上前，佣人拿过一张椅子，祁承宗轻轻地拉过老人的手把脉：“老夫人我来给您老治病，您请放心。”老夫人嘴唇微微动了几下。

于是，祁承宗先在百会、风池、大椎、太阳、肩隅、曲池、内关、合谷等穴位按压了一番，然后小心翼翼地下针、艾炙。军长太太和佣人都在旁边帮忙，扶起老太太，忙乎了一个多时辰。

翌日天刚放亮，祁承宗吃完早饭问副官：“长官，这里去山上有多远？”

“不远，我让茶花带你们去！”军长夫人说。

“我叫司机开车到门前……”副官说。

“夫人，你还得帮忙去药材铺买山楂干……”祁承宗拿出两片山楂干样板给军长太太。

“噢！好好好，买多少？”

“先买下两三斤吧！”

……

黄昏，上山采药回来了，祁承宗找到佣人茶花说：“阿花，你把这个洗干净放二碗水，煲剩大半碗……”

“那是什么？”军人夫人问。

“罗布麻，降血压的，上午服这个，晚上服山楂茶。”

说完，祁承宗又去为老太施针、艾灸。

……

一个月过去了，老太太不流口水了，可以自己翻身了。三个月过去了，老太太可以坐起身了……

“叭叭叭……”忽然，大门外响起汽车喇叭声……

副官忙去开大门：“参谋长！你？”

“军长让我回来看看老夫人的病情……”

“老夫人病情大有好转，可以扶着走几步了……”

“那太好了，我要见祁先生……”参谋长忙走进大院。

祁承宗不知发生什么事，走了出来。

“祁先生好！老夫人若有好转，军长就放心了。三堆集会战伤兵太多，救护队弄不过来了，缺药，缺止痛消炎药，军长请你上前线救急……”

“消炎，止痛……”

“对，消炎止痛之后才能送后方医院，前线缺药。你看草药……”参谋长急忙问道。

“好！现在……”

“对，出发！”

“不行，都天黑了，明天明天……”军长夫人上前拦着。

“太太，老夫人现在只要照我开的药，每天两次，可以维持现状不会再发病，你放心。我去帮军长打日本鬼子……”祁承宗吩咐军长夫人，然后转身对参谋长说：“等等我。”

少顷，祁承宗提了一个小皮箱上了车，汽车轰鸣着走了……

三堆集硝烟弥漫，炮火连天，枪林弹雨，激战正烈。白冲希十万大军正围着三万日本兵，围得水泄不通，步步紧缩包围圈，双方伤亡惨重。

通往三堆集交通要道的鹰嘴沟更是枪林弹雨。丁军长正领着他手下的二万多官兵扼守于鹰嘴沟上，居高临下，切断日军援兵的去路，围点打援，这是抗日战争以来第一个扬眉吐气之仗。鸠山四九中将指挥着他的四个师团联队三万多人，向着鹰嘴沟轮番进攻，炮火连天，企图夺路而过，前去包围挂军，解救柳林三苟的那三个师团。

三万对两万。丁军长下了死命令，死命顶住，决不让日寇越过鹰嘴沟一步。鸠山四九挥着指挥刀，发动了十几次冲锋。桂军士兵被枪弹打中的不多，但让日军炮弹片打中的很多，伤员一批一批倒在阵地上，能够坚持战斗的士兵已不到一半。许多腿部负伤的士兵坚持不下火线，但是运回老营地的伤兵有一千多人。战地医疗队的消炎药止痛药已经用光，战斗太激烈，运输补给线被日军飞机炸断，一千多名伤兵呼爹喊娘。目前必须紧急处理，才能用兵车运往后方医院。紧急处理便是消炎、止痛……

万分焦急之中，丁军长想到了草头医生祁承宗。于是他下令参谋长火速赶往家乡，请为母治病的草头医赶来应急，不管效果如何，试一试再说……

祁承宗被送到战场后山的临时兵营，只见遍地伤员，呼天号地，没有止痛药，没有消炎药，许多伤员，被弹片刺伤的伤口正在发炎化脓。天呀！这么多伤员，黑压压一大片……

“报告长官，有人吗？”祁承宗向参谋长敬礼问。

“要多少？”

“有多少要多少？”

“医疗队警卫连有一百多人，你用吧！”

“好，集合起来，跟我上山……”

一百多官兵跟着祁承宗跑步上山，散落各处的坡草地、河沟，按照祁承宗发的样板，四处采药。

医疗队广场上架起十二口大锅，分两排，左右各六大锅，熬着口服消炎草药汤。里面熬的是三丫苦、羊蹄草和两面针，都是口服止痛药汤。外洗的草药有宽根藤、钩藤、银花藤、“王不留行”、“刘寄奴”……

最后医疗队长带着祁承宗进了草棚，许多士兵腿上、手上、身上还残留着日本鬼子的炮弹片……

“太多人了……”祁承宗摇了摇头走了。黄昏时分，祁承宗用腰布包了一大包捶烂了的青草药，一个个为伤兵敷上他的独家秘方青草药……

三天后，伤兵们止了痛，不化脓了，可以运去后方医院了，路上不会发炎了。于是三十几辆汽车，轮流把伤兵分批运去后方。

但是还有十二位伤兵，弹片深入腹部，动弹不得，必须用加味草药把弹片吸出来，否则，会伤及内脏。

“参谋长，给我八名战士！”祁承宗问参谋长要人，他要带着他们四处寻找药草，附近没有这种药草，它们生长在大石山后面的潮湿处，然而这里并没有大石山。

“参谋长，我们可能要去鹰嘴沟后面的大石山……”

“那里太危险了！”

“危险？性命攸关也不怕了。”

“好，给你二十个兵……”

“不！人多不好使，目标大，十个八个就行了。”

“行！”

于是，祁承宗带着十个士兵，前往炮火纷飞的鹰嘴沟战场后山……

「第十四章　落入魔掌」

三堆集大会战，是中国抗日战争史上的一场大仗。日本鬼子气焰嚣张，横行中国，扬言三个月占领全中国的野心，在三堆集大会战中破灭了。中国人民，中国军队奋起抗日，烽火燃遍全国，三堆集大会战给同胞们的抗日战争，打了一支强心针。中国共产党倡议的国共合作统一战线，在三堆集会战中树起一杆典范旗帜。

老鹰嘴的阻击战打得十分激烈，炮火连天。祁承宗在老鹰嘴后山大石岭听得阵阵的枪炮声，可他心里不打怵，因为前面有丁军长的官兵据守险要，日军想冲上山难上加难，山下日伪军已是横尸遍山沟。

祁承宗领着士兵们登崖爬山采集着草药，忽然耳边听得一阵枪声，枪声从高高的石岭上传来，只见有几个士兵正对着崖边开枪，不好，日军有支特战队，大约十多人，从悬崖后面攀爬了上来。恰好，采药班有五名士兵在崖上采药，突然发现日本鬼子，开火阻击，日军全部是自动武器，一个个如狼似虎，扑上前来，士兵们奋力抵抗，班长架起机枪连连扫射，祁承宗在石崖处，听见枪声，他不敢走动，蹲在石崖下。前面士兵被日兵打死了三个，班长用机枪做掩护。日本鬼子十几个人紧追不舍，班长带着士兵边打边退，他想退到伏击的部队战壕。这时，恰好前面的战壕里有个士兵跑出来解手，听见枪声，追上去一看，不好，日本鬼子从后山爬上来了，企图从鹰嘴沟后面偷袭丁军长的阻击部队。这个士兵急忙奔回伏击阵地报告连长。大个子连长，一听惊出一身冷汗，遂报告团长，自己率着一个排直扑石崖后面，日本兵正好下了山崖，双方一阵激战。忽然，黑压压的一大片日军从山崖那边冲了过来，恰好团长率领队伍赶到，双方在山崖上对阵激战。丁军长感到十分惊讶，如果让日本鬼子从后面袭击，他们两面受敌，必然全军覆没，好险！于是他命令直属队增援，把从后面偷袭的日本特战队灭了。援军到了，日本特战队顶不住，边打边往山崖下撤，路过崖石旁，顺便把躲在那里，穿着便衣的祁承宗抓走了。

日本鬼子特战队倒在山崖上的尸体有六十多具，丁军长惊出一额冷汗，为了加强防备，他派了一个加强连埋伏在伏击队伍的后山崖各处，并派流动哨兵警戒。

“祁先生，祁医生呢？”领着士兵采药的班长四处寻找祁承宗，然而，死不见尸活不见人……

“混蛋！你们干啥？吃干饭的？日本兵来了，不派人保护他……”丁军长怒气冲冲，大骂这个大头班长。

“军座，当时我们只顾开火打日本兵，已经来不及了……”

“我枪毙你……”丁军长怒火横生，拔出手枪对准大头班长，随身参谋忙上前按下手枪。

“军座息怒，当时在紧急情况之下，他们只顾打日本鬼子……”

丁军长想想也是，幸得他们发现了日本鬼子特战队从后面偷袭，顶住了日本鬼子，给阻击大部队报了信，争取了时间，这也算功过相抵吧。

“继续找！参谋给他补充二十个兵，全山寻找祁先生。”

丁军长心里很难受。他丢了个宝贝，可以顶一个团的宝贝。

……

祁承宗被日本兵押回军营，幸得他穿的是老百姓便装，背篓放着一大堆草药。

“干什么的？”鬼子问他。

“采药，采草药……”

“你的……”日本少佐叫翻译。

“他说是采药……”

“采药？”日本少佐在背篓里抓起一把杂草，放在鼻子上闻了闻。

“是草药！”祁承宗说。

“你的，民工队的做医生……”日本少佐挥挥手说。

祁承宗听不懂，望着翻译。

“太君让你去据点工场做民工医生……”

“这个？”

“什么的？押下去……”日本少佐一挥手，祁承宗让一个日本兵恶狠狠地押走了。

……

三堆集的大会战，桂军紧缩着包围圈，把几万日军压迫在一条长五公里宽不足三公里的土坡上。切断了所有交通要道，所有路口，处处有桂军伏击，摇旗呐喊。骄横野蛮一时的日军困兽犹斗，垂死挣扎，增援的飞机在天空上盘旋着，不敢扔炸弹，为什么？双方阵地太接近了，扔炸弹免不了炸了自己的鬼子兵。这法子不灵了，日寇在三堆集的最高指挥官鸠山四九中将气急败坏。“我从未打过这般败仗……”没有法子了，他一挥指挥刀，要亮出最后一张黄牌——毒气弹！鸠山四九给侵华司令部发报：“零号计划，零号计划。”

什么是零号计划？零号计划就是使用芥子毒气弹。于是日寇四处拉民夫，往鹰嘴沟东边山坡后面，丁军长阵地外五公里的一片庐苇地里，秘密进行临时炮弹发射阵地的施工。必须打掉阻击部队，大量援兵才能通过鹰嘴沟，进入桂军阵地，把桂军反包围。

日寇往鹰嘴沟两边山上发射数万发炮弹，丁军长的伏击部队在自然形成的山沟沟里，炮弹完全失去效果，只有毒气弹，毒倒伏击部队了。

……

祁承宗被日本鬼子拉到这工地上修筑野炮阵地。

山坡上几百个从各地拉来的民工，在日本鬼子刺刀的威逼之下，正在一锄一锹地修筑炮位。

祁承宗混在人群里，无奈地挖着土，挖着挖着，忽然身旁一个民夫倒在地上抽搐着，口吐白沫，表情十分痛苦。祁承宗见状，急忙上去把病人摆平，用力掐住人中，并招呼工友们过来帮忙。

“按住，按住人中，这里……”祁承宗手把手教着民夫。

“你们按住，我去找药……”

“这人怎么了？”一位民夫问。

“发羊吊！”祁承宗点了点头又说，“险！”

过了一刻钟工夫，祁承宗回来了，手里抓着青草和树叶。他找到两块石头，一大一小。地上垫着大石块，左手拿着小石头，把青草和树叶打了又打，打得稀巴烂，然后抓在左手心，让帮忙的民夫抬高病人上半身，半坐着，又请一人捏住病人的鼻翼，病人的嘴自然打开，祁承宗抓着捣烂的药草，使劲挤出一滴滴药汁，滴进病人嘴里。

“有水吗？水。”祁先生问围观的人要水。

“有，来，水！”有人递上一碗水，祁承宗叫那人往病人嘴里灌水，他继续挤药草汁，水和药草汁都流进了病人口里，吞进肚里了。一刻钟工夫，病人醒了，灰白的脸膛开始有了血色。人救活了，这时有一个围上来看了很久的日本兵，走到祁承宗面前。

“你的医这个……”他举起了拇指。

当晚，这个日本兵便把这一幕报告了炮阵地的最高指挥官——世沟六春中佐。世沟中佐听说这事，感到很奇妙，中国民夫中竟然有这么个医手。世沟中佐沉思着：一个乡村草医，粗俗的民夫，是不是民间验方呢？不可信，不可信，不过也可以放在民夫中治理一些小毛病，以免民夫因为小毛病开不了工耽搁施工。

日本鬼子这个野炮阵地预先测好有效射程，直射鹰嘴沟两边山顶上的桂军阵地，测定有效射程之内，并在发射之前撤出沟里的日军，以免日军也吸入毒气。日本鬼子的如意算盘打得十分精确。但是选择一个阵地十分艰难，因为在这个距离的炮位阵地，大都是陡峭山坡，而且黄泥底下都是花岗岩石头，这是绝密施工，不能放炮炸石。因此他们选择唯一一处生长着灌木丛林的山坡，要在那里砍树，砍灌木，然后沿着陡峭山坡挖出一道道沟，填出一个个炮位，再把钢炮架上，炮口对准鹰嘴沟。日本鬼子拉来了百多个民夫，日夜施工抢修野炮阵地，累病了许多人，大都是过劳而引发感冒发烧，弄得祁承宗手忙脚乱。他只好让日本兵弄几个大铁锅，他从山上采来大把大把的草药，放进大锅里，日夜熬药，日夜施药。在他身后还有两个日本兵用枪押着他，他一步自由都没有。无奈，无奈，他只能叹气，如何才能逃出魔掌，逃出生天呢？此时此刻祁承宗多么想念妻子、儿子。渴望着早日寻到祖居地，可是目前他在日本鬼子魔掌之中煎熬着，过着生死未卜的日子……

这天夜里，祁承宗在民夫草棚里给一个发着高烧的民夫喂药，草棚里的民夫都去开夜工了，空荡荡的大草棚里只有祁承宗和那个病人。草棚外面有两个日本兵在巡逻，一前一后的流动哨。

“先生，谢谢你，未知先生哪方行医……”病人抬起身子背靠木柱子问。

“我只是一个行走草医，行无定处。”

“先生大号？”病人闪了闪大大的眼睛问，祁承宗发现面前的这个病人讲话文雅，人很秀气，圆圆的脸庞，高高的鼻梁，大大的眼睛，粗黑的关刀眉，此人不像是一般民夫。

“先生不会是一般乡民吧？”他反问道。

“我原是一名乡村教师……”病人声音洪亮。

“噢！怎么也被抓进此兵营？”

“唉！一言难尽，我本去走亲戚，谁知路上遇见日伪军……”

“日伪军？”祁承宗头一回听过这个名词。

“投降日本的国军，当了日伪军替日本人打自己的同胞！”

“卖国贼！呸！”祁承宗狠狠地啐了一口。

“对！汉奸卖国贼，先生你可以上山采药？”

“可以，不过有日本兵押着……”

“那不妨，你能帮我一个忙吗？”病人用祈求的口吻说。

“怎么帮？”

“我是突然遭鬼子毒手，家里还有病人，我有封信很紧急，要求亲戚借钱给我家人治病的。我现在写了一封信，你在上山采药时方便一下……”

“一封信？送哪？”祁承宗摸了摸头问。

“你常常上哪些山？”

“你们都看到的，这里只有野炮阵地后面那座山，其它山坡都光是石头，没有树木哪有药草。”

“对对对！就在炮阵地这座山上，你爬到山顶翻过山峰，下山约百多步处，有一块大崖石，大崖石下有个石洞。你看见石洞旁边如果放有一把松树枝时，你把信藏在树枝里就可以了，只是不可让日本兵见着……”

“那怎行呢？有人来取吗？”祁承宗疑惑地问。

“嘘！小声点。”病人用手指指着嘴巴，这时恰好日本巡逻兵走进草棚。

“你的好了吗？”日本兵催促祁承宗快走。

“快了，快了。”祁承宗应着。

病人装作痛苦地扶着脸庞，“唉唉唉”地哼着。

“你的快快的……”

日本兵走了，病人睁开眼睛。

“拜托拜托了。”病人掏出一个黄泥团，“信在这里面……”

“在哪？”

“泥团里，怕日本兵发现。”

“你是……”祁承宗怀疑面前这位病人是八路，他早已听说山上到处有八路。

“嘘，我还不是……”病人拉了拉祁承宗的手，轻轻地说。

“噢！”祁承宗心里仿佛见到了光明，他多么希望眼前的人是八路，有队伍上山灭了这个野炮阵地，救下丁军长那几万人，救他出魔掌。

“贵姓？”他紧张地握着面前病人的手问。

“我姓洪，洪水的洪……”

“好，洪先生，我一定办到。”祁承宗目光闪烁。

“拜托拜托！”四只手紧紧握在一起。

……

一天，两天，三天，没有机会。两个日本兵都不让祁承宗翻过山顶，祁承宗心里着急。第四天清晨，祁承宗突然被一个日本兵押去了阵地指挥所。他心里嘀咕着，莫非这几天我要求过山那边采药的事，让日本兵看穿了，日本鬼子要对我下毒手？他提心吊胆地往前走，一只手提了提裤腰带，裤腰带里藏着那个“要命”的泥丸子。

踏进日本鬼子指挥所，只见一个日本鬼子睡在床上，“咿咿呀呀”地叫喊着，一个日本上尉军官走上前，拉着他走到叫喊的日本鬼子跟前指着那鬼子的脚：“你的看看的。”

祁承宗一看这个日本兵的左脚踝肿得像个小馒头。

“你的医……”日本小队长嚷嚷着。

“这个？”

“不行的医？”

“这草药难……”

“什么的难？”他问翻译官，翻译官问祁承宗。

“什么难？”

“很难，这边山坡是光头山，找不着，要翻过山那边才能找到。”祁承宗忽然发现机会来了。要翻过山去送信有了机会，其实扭伤草药这边山坡灌木丛里处处有，可那瞎眼日本鬼子不认识。什么三丫苦、羊蹄草、鸡血藤，这边山坡上到处有，可是机不可失，祁承宗良策在胸。

“什么的干活！”日本小队长问翻译官。

“报告太君，他说这边山上没有，要翻过山顶，那边山才能采到这种草药治伤……”

“噢！哟示哟示，山那边的可以，你和他山那边的……”鬼子小队长对着那个日本兵说。

……

当即出发，现在只有一个日本兵，太好了，匆忙上山，小日本鬼子在后面跟着。祁承宗走惯山道，步履轻盈走得快，一阵风便上了半山坡。那个日本兵背着三八步枪，子弹带，手雷，负重几十斤，爬得气喘吁吁：“你的等等等……”

祁承宗装作没听见，机会来了，他迅猛地奔上山顶，顺着山坡连爬带滚地往山那边坡下滚下去，一会儿便奔进了一片郁郁葱葱的松树林，他躲在树林里四处张望，寻找那块矗立的石崖，这时日本兵才爬到山顶喊着：“你的哪里？”

“这里!”祁承宗应了一声，便奔向左前方那块大石崖，跑了有百来步。

“哪里的干活？”日本兵跑进松树林找不到他又叫喊着。

这时祁承宗已经找到那崖石下的石洞，石洞口推着一堆松树枝，他忙把小泥丸放在松树枝里，返身走出洞口，在石崖下发现了几株羊蹄草，他顺手拔了下来，然后扬了扬手。

“在这呢！”

日本兵跑了过来。

“你的太太快快地……”

“药，你看。”祁承宗扬了扬手中的羊蹄草。

“药的找到，好的好的……”日本鬼子用衣袖擦着头上的汗水……

「第十五章　抉择」

近日来每天都有三五成群的民夫被押进野炮阵地，民夫在不断增加，日本兵也增加了几十个人，还有一个中队的伪兵，兵力大增，民夫也大增，为什么呢?

祁承宗也被日本兵押上野炮阵地修筑炮位，日本鬼子和伪军在阵地上催促施工，他们在紧赶工期。钢炮都没有见到，日本鬼子急什么呢?

“祁的，你的来！”一个日本士官跑步到祁承宗跟前说，“你的快快跟我来……”

祁承宗不知道这日本鬼子要押他去哪里干什么。他放下铁锹，慢吞吞地跟着日本兵往山坡下走去，绕过山坡，走到坡底山沟，忽然发现山沟沟里人声嘈杂，工具碰撞叮当响：哇！这山沟沟里到处是民夫。十几个日本兵和十几个伪军押着民夫们在砌墙，墙体很长很宽，看样子是在盖大房子。日本兵把他领到已砌了一人高的墙根下，只听得声声哀叫：“哟哟哟……”原来有个民夫躺在地上，抱着右腿。

“你的看看……”鬼子兵指着地上的民夫说。

祁承宗定睛一看，“噢”一声，又急忙止住了。原来这个伤了右小腿的民夫正是那位托他送信的洪先生。两人四眼相望，已经会意，遂装作不曾相识。

“你的腿怎么了？”祁承宗扶起洪先生问。

“让墙头掉下的砖刀砸了……”洪先生说了谎，那伤口是他故意用砖刀自己砍的，目的就是要找祁承宗，自从那天托祁承宗送信之后，第二天便让日本兵编入建筑队，押到山沟沟建大房子。他五天没见祁先生，不敢去找，不敢离开他这个分队，分队每天早午晚点名三次，无法离开，更未曾知道去哪个地方找祁先生。山上队伍复信的日期已过了一天，他心急如焚，那天他是把炮阵地地形路线、范围和大概距离，画了一张草图，告诉队伍。而山那边的游击队一边增派战士扮成民夫混入工地，一边把情报送到八路军冀南司令部。打入鬼子阵地民夫中的游击队联络员，不但不知队伍的计划，也不知道如何联络新派入民夫中游击队的联络暗号。因此，他急需要动员祁先生再帮一次忙，目前整个工地只有祁承宗是一个有限度自由行走的人。

“你这腿会感染的……”祁承宗摸着腿说。

“是啊！我自己感染不要紧，别人……”洪先生话中有话。

“那不要紧，我会把传染的药采下来的。”祁承宗看出了洪先生是自伤，目的是有事交代。

“上次那药草很灵验，你是在哪里找到的？”洪先生问。

“噢！是在山那边，石洞附近！”

“那里也有治外伤的草药吗？”

“有，肯定有，治外伤的药大都在石崖附近。”

“那麻烦你再去一趟，老地方寻找草药……”洪先生话里有话，祁承宗明白了，洪先生是叫他去原处取信件。

“那我要去找一找才行……”

“你的，好了，好了的。”日本兵走了回来催促道。

“报告太君，我的去采药……”祁承宗装成顺民的姿态。

“那不行的，要报告少佐……”

“好好好……”祁承宗回头给洪先生打了一个眼色，跟日本兵走了……

走进日本兵营指挥所，日本兵把祁承宗押了进去。

“少佐阁下，他的要去山那边采药……”

“慢！不行的。”日本少佐从椅子上站了起来，拐着左脚，祁承宗被这一喝，吓了一跳，完了，去不成了。

“你的这个医生……”日本少佐坐在地上脱去军靴，他的左脚外眼又红又肿。

“我的走伤的……”

“什么？”祁承宗装作听不懂，日本翻译忙说：“太君说他崴了脚，你给他医治。”

“行，行，要上山那边采药可以吗？”祁承宗问副官。

“他的什么？”日本少佐看向翻译。

“他说要上山那边采药给你治伤。”

“好的好的，你的去帮帮……”日本少佐指着身旁的日本士官。

……

晌午，祁承宗爬到山顶了，那个全副武装的日本士兵还在半山腰，气喘吁吁地爬着。祁承宗今天特地选择了一道又陡又崎岖的上山小道，抄近上山，这可难倒了负重六七十斤的日本兵，祁承宗身轻如燕，日本兵像只笨猪了。“你的等等……”日本兵呼唤着，祁承宗不理不睬，爬到了山顶，坐了下来，看着那日本兵满头大汗地爬啊爬。

“你的不等，我的开枪……”小鬼子举着枪吓唬祁承宗。其实鬼子不敢开枪，这里是一个秘密阵地，没有长官命令，随便开枪要被处以死刑的，但是祁承宗不知道，他只好等。

眼见日本兵快上山顶了，祁承宗翻身下山了。管你呢！下山了，你还能追不上。于是他急忙走进松树林，转到石崖下，趁鬼子还在树林里的瞬间，从山洞口松树枝中翻出了一个鸽子蛋大的泥丸，塞进腰布里，紧了紧腰布带，然后采摘了些草药树叶，放进背篓里。等日本兵走到跟前时，他已经做好了这一切。

“吃饭！”祁承宗从背篓里掏出一个黑馒头，民夫每餐只有这么一个黑馒头。

“你的……”日本鬼子眼见少佐器重这位中国人医生，也不太敢怠慢，给祁承宗扔过一个牛肉罐头。

“我的？”祁承宗捡起罐头问。

“你咪西咪西的……”日本兵边开罐头边说。

“这样的开。”他教祁承宗开罐头。

“好！我等一下吃……”祁承宗把罐头扔进背篓里，只顾一口咸菜头一口黑馒头。吃完午饭，日头西斜，日本兵押着祁承宗回阵地了……

日本兵先把祁承宗押进指挥所，祁承宗用石头把草药捣烂，鬼子兵拿来纱布，祁承宗给日本少佐的伤脚包扎紧。

“要包三天……”

“什么三天？”日本少佐问翻译。

“他说要包住三天的……”翻译说。

“好的，三天换？”

“太君问是不是三天换一次药？”

“是的，三天后我再上山采药替他换。”祁承宗给自己预留再次上山的机会。

“他说三天后再上山采药换药！”翻译对日本少佐说。

“好的好的，你的良民大大的！”日本少佐说着从抽屉里拿出一张巴掌大的通行证。

“你的，营地自由行走，不用开工……”日本少佐叫翻译官把营地特别通行证递给祁承宗。

“一个人出山的不行，要有士兵陪的……”日本鬼子给祁承宗发特别通行证，但不能出山、下山、过山……

有了这通行证，祁承宗可以一个人自由自在走动了，工地上再也不会有日本兵押着他了。他大摇大摆地走进大房子建筑工地，临入警戒线，两个伪军，一个日本兵端着抢上前拦住了他。

“站住，你干什么？”伪军狐假虎威地喝道。

“我给病人看病！”

“不行的，不准随便进禁区！”伪军喝道。

祁承宗掏出那张特别通行证问：“行吗？”

伪军接过手，递给日本鬼兵：“有这个……”

日本兵一看；“噢！特别的，好！放行……”

日本兵移开刺刀，伪军移开横拦的木架，祁承宗顺利进入禁区，找到了洪先生。在给洪先生上药包扎的过程中，祁承宗把腰布中的泥丸交给了他。如今祁承宗因为有了日本少佐颁发的特别通行证，伪军对他刮目相看，日本兵见到他也只看一眼，没有跟踪。没有士兵押在后面了，这对洪先生他们是一个好消息，祁承宗选择了配合洪先生，爱国抗日……

近日新进的民夫有五六十人，这五六十人中有多少人是游击队潜入的呢，如何联络？洪先生苦恼之中，收到了祁承宗取回来的情报，他心头扑扑直跳。待到夜深时他打开泥丸子，趁日本巡逻兵走到草棚那头时，借点火柴抽烟的机会，首先看了联络暗号："有土烟吗？"接头人答："有土烟丝抽一口吧！"就这样，洪先生在工地施工中、搬砖中、送砖上墙架中，一个一个地联络，找到了二十六位最近扮作民夫潜入的游击队员，一个个身强力壮。但是山上的情报里，要求里外结合暴动，摧毁这个基地，目前还有两道难关，其一，尚不知阵地的规模和火力，二是阵地内的游击队员手无寸铁，如何暴动，这个难题难倒了洪先生。

洪先生想来想去，觉得还是得依靠祁承宗先生。如果祁承宗选择抗日战线，那么，这是一个很好的条件：其一，祁承宗有了特别通行证，可以在阵地之内自由行走，可以详尽了解到这个野炮阵地的规模大小、炮位数量和方位；其二，可以利用上山采药的机会，与山上队伍联络，带信息进入野炮阵地……

今天，祁承宗上午刚吃完早饭，依时来到大房子建筑工地，为洪先生换药。

"先生！好些了吗？"祁承宗在洪先生草铺上问。

"这么宽大房子做啥子呢？"祁承宗拉着闲话。

"昨天听两个伪兵对话说是弹药库。"洪先生声音很小。

"噢，弹药？"

"大概是放炮弹吧！"

"那要放多少炮弹啊！这么大房子。"祁承宗边换药边问。

"先生！你有了那个证可以自由行走了，可以做更多的事了。"

"是啊！我一天到晚满工地跑着，给受伤的民夫治伤。"

"你是一位很有志气的中国医生，抗日是我们共同志愿，是吗？"洪先生轻轻地说。

"那当然，我告诉你啊！鹰嘴沟阻击鬼子兵的丁军长是我的好朋友，前段时间我为他老娘亲治病，后来他召我归队为伤兵治伤，上山挖药时让日本鬼子抓进了这鬼地方。"

"啊！你是白将军部下丁军长的医官？"

"也算吧！可我从来不穿军装，穿布衣！"

“那我们是一条心，眼下国共合作，八路军和国军合作抗日……”

“这个我也略有耳闻。听说，八路都是穷人为穷人。”祁承宗右手伸出两个手指呈八字形，“真的吗？”

“那还有假，共产党八路军团结所有抗日志士，统一战线，把鬼子赶出去……”

“那我也算吗？”祁承宗眼神里充满了渴望。

“你早参加了啊！比如丁军长的军队，还有这两次送取情报，你都为全国抗日立了功啊！”

“这也算么？我也成为抗日战士了？”

“是啊！”

“那你还有什么事情交代下来，洪先生？”祁承宗决定利用有利身份暗地里为八路做事了。于是，洪先生如此这般地交代了祁承宗，教他如何用脚丈量阵地宽度长度，如何数准炮位，炮位距离山顶有多高的射程，等等，洪先生又交代祁承宗这几天上山采药找机会去那个联络点看看山外队伍有无情报。

“好！”祁承宗起身欲走，两个日本兵咿咿喳喳地边走进草棚边吆喝着。

“你的，走的！”

“我有这个……”祁承宗掏出那张特别通行证。

“不看的，不看的，快快的。”日本兵不看他的通行证，上前拉着他的手往外拽。

发生什么事了，莫非……洪先生见此情形心头嘀咕着。

祁承宗走着走着，心头十分纳闷。我都有了这个证了，还派兵押着我去哪里呢？莫非鬼子发现了我什么东西？不！不可能，我每天都采药治伤员。

“快的，快快的！”日本兵在后面推搡着。

一会儿，祁承宗被推进了野炮阵地指挥所旁边一个刚搭起来的木棚卫生室，木门上挂着块白布，上有个红色“十”字，旁边有三个字“卫生室”。日本兵把他推进卫生室，只见那个给他发通行证的日军少佐躺在治疗床上，“咿咿呀呀”歪着嘴，马脸都变形了，变得歪歪的，他抬头看见祁承宗便大喊大叫。

“先生的快快的，快的！”卫生室两个穿白大褂的男卫生员扶着他坐了起来。

“我的蛇咬的……”日本少佐伸出右手掌，手掌肿得通红。

祁承宗明白了，这家伙让毒蛇咬了。

“蛇咬了，你去捉蛇？”祁承宗上前扶着那只手看伤口，不好，毒蛇，是眼镜蛇的牙印。“你怎么去捉蛇？”祁承宗边问边向卫生员要了一条白绷带，在他手腕上扎了又扎，阻止蛇毒流进血液里。

“我的看见蛇，用刀劈它，可它扑上我手掌咬……”日本少佐比画着。

“哇！这么个咬法可麻烦了……”

“什么的麻烦？”日本少佐问翻译，翻译问祁承宗。

“有什么麻烦。”

“斩断了的蛇头，咬你时把蛇毒尽泻你手上了。”祁承宗说，翻译又转达给日本少佐。

“那要紧吗？”日本少佐也怕死，脸色由青转紫。

“麻烦多多了！”祁承宗从背篓里掏出随身携带的治蛇青草药，放进嘴里咬了一阵，又从背篓里摸出一个铁瓶子，倒出一小撮黄色药粉，撒在药草上，然后用纱布给日本少佐伤口敷上，再向卫生员要了把药用剪刀，在包扎好的纱布中央剪了个小口子，好让药物抽出毒液从小孔排出去……

“好的，你的良民，良医大大的……”日本少佐举着左手拇指说道。

祁承宗心里想的不一样，他的想法是最后才杀死你这小日本，目前我必须利用你的信任，好让你给我更大自由。

一连三天，祁承宗都依时给日本少佐换药，更进一步博得日本少佐的信任，这个日本少佐叫宫三苟旦，专门负责看管民夫。

今天他给宫三苟旦换药时说：“太君，我今天要去山那边采药，你的药用完了。”

“好的，好的，要得要得的。”他挥了挥手，对身边的日本上士说：“你的帮助先生，优待优待的……”

骗过了宫三苟旦，祁承宗收拾了药草，背上小背篓上山了，跟在他后面的那个日本士官也赔着笑脸跟在后面。今时不同往日，这日本鬼子上士再也不敢吆喝祁承宗，他不敢违抗军命，卸下了手雷和子弹袋，只背一杆三八步枪，减轻了负担，快步跟着祁承宗爬山越岭，远远地跟着……

祁承宗来到石洞口，翻开新铺上的松树枝。他吓了一跳，今天怎么有两把手指长的小匕首，还有一张纸条：“请先生设法带了给你的病人。”旁边有个小泥丸。这还得了啊！民夫进野炮阵地时要一个个搜身，搜出利器的，当场枪杀，把这个带进去？行吗？祁承宗犹豫了。眼见那个日本士兵走过来了，不容多想了，他赶紧从背篓里掏出一条白布条，三两下把两把小匕首绕了几圈包住了，然后藏在背篓最底，用树叶盖严了。他一路下山回野炮阵地，一路想，这两把小小匕首有何用途，杀得了几个啊！

「第十六章　巧设计谋」

三堆集的战火越发激烈，桂军一步一步缩小包围圈，几万日寇的所谓王牌军死伤过半，数万鬼子兵被围困在死亡沟中。鸠山四九等不及了，每天发电报催促陆军总部派援军，援军被堵在鹰嘴沟中，无法前进半步，五天、六天、七天过去了，日本援军寸步难行。于是鸠山四九气急败坏，要求陆军总部提前对鹰嘴沟的伏击阵地施放“芥气”化学毒气弹，这种灭绝人性的化学武器，是国际公约严禁使用的，然而疯狂的法西斯，灭绝人性的日本鬼子，已经丧失人性。鸠山四九为了突围活命，顾不了许多了，遂下令提前使用毒气弹。

忽然，仓库工地停工了，几百民夫被鬼子兵押在沟底，用帆布搭起了临时大帐篷。一天时间，搭起了十二座庞大的帐房，那座建了三分之一的大房子停工了，鬼子和伪军成群结队集结在山沟底、山坡上，强迫民夫搭帐房，拉铁丝网……

干什么呢？打入民夫队中的游击队参谋长洪先生百思莫解，他边搭帐篷边思虑着，日本鬼子这么心急火燎，又拉铁丝网又搭大帐房，莫非要屯兵？他们把灌木丛林作为屯兵伪装吗？这里离三堆集约三十多公里，距离鹰嘴沟也有十多公里，增加兵力，突破鹰嘴沟？不！鹰嘴沟由国民党军队占领着，居高临下，地形险要，鬼子兵始终冲不过沟，死伤过半，还要去送死？洪先生彻夜难眠，思虑着如何弄清日本鬼子的阴谋，把情报送出去。

“轰轰隆隆……”更深夜静，阵阵汽车声轰鸣，一阵又一阵。

“汽车……”洪先生忽地坐了起来，再听。不错，汽车，好多的汽车。他想装着小便，走向草棚大门，却见大门加岗了，四个日本兵荷枪实弹，把他喝了回去。他回头一望，哇！许多汽车大灯，把阵地照得通明，这么多越野汽车，干什么呢？汽车一辆辆驶向沟底，众多伪军忙碌着。鬼子运什么进阵地了呢？明天必须弄明白。

翌日早饭后，洪先生找到祁承宗。

“先生，你设法进入帐房阵地，看看他们在卸什么？”

“不让进，民夫一个不许进，卸车的都是日本兵和伪军，铁丝网外三层哨兵，铁丝网内三层守兵，全副武装……”

“你有特别通行证啊！”

“不行，那里面什么证都不行……”正说话间，两个日本兵“咿咿哇哇”地走过来。

“你的，不能说话的，快快的……”日本兵用枪托捅了一下祁承宗的大腿，“站起来的……”祁承宗站立起来，这两个生面孔的日本兵凶神恶煞，他认为这是新来的鬼子兵。于是他掏出那张特别通行证给鬼子兵看。

“这个的没用的，你的快快，少佐的命令你……”原来管施工的野炮阵地调到这边管帐房，配了新的卫兵。

祁承宗被日本兵用黑布蒙着眼睛，押进铁丝网内一个较小的帐房，帐房门外站着四个卫兵，显然加强了岗哨。小鬼子把他押进帐房里，帐房正中躺着一个鬼子大佐，大佐右眼用白色纱布包着，只剩下左眼。原先那个少佐站立在旁边。

“祁的，你的给大佐看看的……”少佐叫人把祁承宗的眼罩除下。

“看什么？”祁承宗问。

“长官的眼角肿肿的，什么咬的？”少佐请大佐解开纱布。

祁承宗上前一看：“噢……”

“什么伤的干活？”大佐厉声问。

祁承宗上前细看，伤口很小，针口似的，却又黑又红又肿，他心里明白了几分。

“疼的疼的脑袋的，你的有办法的，快快的，哎哟…………”大佐哇哇叫，疼得直拍脑袋。

“你的快快的……”少佐催促道。

“这个嘛！要去找药草啊！”祁承宗明知背篓里有治这种马蜂螫的草药，可他故意要出去找药，侦探那帐房里装的什么家伙。

“找药的？快快的，哪里的找？”少佐问。

“找药，就在这里附近。”

“好的，快的快的……”大佐疼得直皱眉头，又指着少佐，“你的带去……”

于是少佐和两个日本兵押着祁承宗，在铁丝内的各个帐房之间穿来穿去，低头找药草，祁承宗不时斜眼看帐房，可是帐房门上都用布帘遮着，看不见什么。祁承宗心生一计，走近一个大帐房门前，忽然上前蹲着，日本少佐见状忙上前拉祁承宗。

"你的干什么？"

"这里有特效药……"祁承宗指着布帘下的几株青草。

"噢！你的快快……"少佐放开祁承宗，祁承宗趁机拨开布帘，哇！里面堆满木箱，每个木箱有三四尺见方，每叠六箱，箱外印着黑字，看不懂，只看见一个汉字"芥"。他忙记住这个字，拔了几根青草，离开帐房。继续沿着铁丝网找草药，走到一片藻木丛林旁，发现那里有治马蜂螫的草药，他顺手拔了一大把，放进小背篓。当他直起身子时，却见身旁一个日本兵咿咿哇哇叫着走向铁丝网边的灌木丛林中，举起枪去捅铁丝网外一个挂在树枝上的黑包，有人头大。

"你……"祁承宗忙上前抱住那日本兵的腰，"不能……"

"你的大胆，打……"日本少佐上前推开祁承宗，拔出手枪指着他。

"不不！不能捅那个蜂窝……"祁承宗指着铁丝网外侧的那个大黑包，"咬人的……"

"噢！"日本少佐明白了。

"长官的就是这个咬……"祁承宗指着自己右眼角，说明大佐就是这个蜂咬的。

"啊！哟是！"他拍了拍祁承宗肩膀，"你的良心大大的！"接着又上前扇了那个日本兵一个耳光："你的死拉死拉的，蠢猪的……"

一场误会，祁承宗进一步取得信任，又得到了宝贵的启发。

回到大佐的指挥帐房，祁承宗把一把青草给日本兵，叫他用刀背捶烂，然后放在纱布上，敷在那日本大佐右眼外角伤口，一会儿，伤口不疼痛了。

日本大佐舒心地笑着说："你的，大大的医生……"又转向少佐，"你的给他一个出入证，每天来看我的伤口……"

"好的，好的……"日本少佐立正答道。

……

夜间，祁承宗在民夫草棚角落里和洪先生见面："沟里山坡上有四个大帐篷，一个小帐篷。"

“看见什么了？”洪先生着急地问。

“我只看了一下，一个帐篷里面有六排木箱，每排有五个三四尺见方的木箱，上面的字看不懂，我只看见一个汉字，‘芥’字……”

“不好！化学武器，芥子炮弹，灭绝人性……”洪先生一听，惊愕地说。

“那那那……”祁承宗目瞪口呆。

“光那一个帐篷有三十箱芥子气炮弹，至少有一百多发炮弹，这方圆数百里将灭绝人烟……”

“这这，这鬼子太……”祁承宗心惊肉跳。

“你还看见了什么？”

“还有三个帐篷不知放什么，没看见。不过在北边铁丝网外侧三四尺远有一片灌木丛林，丛林中有马蜂窝，我看见有一个马蜂窝很大，距离铁丝网有二三尺远……”

“你想……”

“利用马蜂窝！”

“铁丝网内有多少日本兵？”

“三四步一个兵，都是日本兵，有四五十个吧！密密麻麻，围着帐篷站岗，还有巡逻……”

“你还能进去吗？”

“能，我明早进去给那个日本大佐换药。”

“那你设法看看那几个帐篷内还有什么？”

“好！”

“保护好自己！按照你的思路，整全它！”洪先生按了按祁承宗肩膀又说，“你后天还要再去一次山那边……”

“好！我想法子……”

吃完早饭那个黑馒头，祁承宗来到铁丝网大门口，一个鬼子兵把他押进大佐帐房，大佐不在。祁承宗正纳闷，不是约好这个时候换药的吗？忽然有个日本兵拍了拍他肩膀。

“你的跟我来，大佐的那边……”

祁承宗跟着这个日本兵到了坡顶那个帐篷前一看，不好，这么多日本兵押着民夫在推野炮，又抬又推，推向山坡顶那些修筑好的野炮阵地。他暗暗算了一下，八门，八门钢炮，几十个民夫推一门，那个大佐正在那里指挥……

“你的这边来。”日本兵把他领到大佐跟前，大佐和他一起走进大帐篷，大帐篷空空如也，野炮都拉出去了。

祁承宗给大佐换药：“好多了，消肿了……”

“哟是，不疼的了……”大佐举起大拇指。

“长官，我还得去找些药，彻底治好，不然会复发的……”祁承宗开始撒谎。

“什么的？”大佐问翻译，翻译把祁承宗的话译了一番。

“哪里的找药。”

“少佐长官知道的，山那边。”

“少佐？快快叫来！”

少顷，那个少佐进了来。

“你的知道山那边挖的药？”

“报告长官，是的，山那边挖的药……”

“你派人跟他快快地挖药去……”大佐命令。

“现在？”少佐问。

“现在的快快的……”大佐喝道。

“是！”少佐拉着祁承宗说，“走！我派人和你一起去。”

“我去拿把小锄头！”祁承宗要去见洪先生。

“快快的，我的办公室等你。”民夫草棚里空无一人，全被派去拉野炮上炮位了，只有洪先生装崴了脚，一拐一拐地走进草棚。那天夜里他们约好这个时间会面，把计划交给祁承宗，好让他明早送过山那边。巧的是恰好大佐命令他在同洪先生接头的时候去山那头挖药。他趁机来到民夫草棚后边山坡角落，洪先生已经等在那里。

“快！我马上要去山那边，大佐命令……”祁承宗心急如焚。

“来不及了，你把这个计划送过去……”说话间两个巡逻的日本兵从草棚旁边走了过来，发现了他们两个人，凶神恶煞地端着枪走上去，“你们的死了死了的！”接着“咔嚓”一声把子弹上了膛。

祁承宗忙指着洪先生的右脚踝：“他伤了，我治伤……”

接着掏出那张出入证，日本兵看了看。

“你的医生，替大佐治伤的医生？”

“是的，是的。”祁承宗忙作揖说。

“噢！你的快快的去那边的干活！”另一个日本兵用抢指着洪先生喝道。

“好好好我去，我去……”洪先生忙答道。

日本兵走了，祁承宗把计划书藏在腰布中，匆匆走向日本少佐办公室。日本少佐派的那个日本兵还是上几回去的那个兵，这个日本兵把祁承宗当成了朋友，放松了戒心，祁承宗的行走更自由了。午后，祁承宗到了山那边的石崖旁，日本兵累得倒在松树林里睡大觉，任由祁承宗四处挖药采药。

祁承宗离开松树林，来到石崖下进入山洞，欲把信放进松树村里，忽觉耳后一阵风，他回头一望。

“你？”站在他面前是一位中等身材，腰上插着驳壳手枪的中年汉子。

“你是祁先生……”

“你……”

“我是北山游击队员，感谢你为抗日做了这么多贡献。”说着他手一挥，又从洞里走出三个人，都是腰插手枪。他们一个个笑容可恭地上前和祁承宗热情握手。

“我们欢迎祁先生早日加入我们的队伍。”高瘦个子热情地说。

“这是我们的林政委。”刚才那个矮个子介绍道。

“我们交换情况，快快快，”林政委说。

“好！”于是，祁承宗把信交给了林政委，又把这两天的情况介绍了一番。

“日本鬼子太可恶了，用毒炮弹杀我们的同胞，我想先把他灭了……”祁承宗胸有成竹地说。

“你有办法？”

“我是行医的嘛，山草药，用草药治他们……”

祁承宗详细地说出了自己的计划，然后又要求：“你们要把队伍埋伏在山上，配合支援我们，我这个计划还要洪先生他们那二十多个内应配合，一旦成功，你们立即冲入阵地，洪先生这封信里有详细计划。”

“好好好，你这个办法好，不费一枪一弹。”

“我们先解决放炮弹帐篷的那个中队，马蜂窝就在那里，然后……”

“然后你们送炮弹上野炮阵地……”林政委说。

“对，对，不知你们同意否？”

“我给你写个命令……”林政委忙撕下一块腰布，写了几行字交给祁承宗，“由你和老洪执行……”

“喂喂祁的，你的。”那个日本鬼子到处呼唤寻找祁承宗，游击队员们忙退进山洞。那个日本兵走了过来，祁承宗迎上去。

“你帮帮忙……”祁承宗指着崖石上，离地一人多高的石缝隙里几株小草说。

“那里有几株特效药，你帮帮忙，蹲下……”祁承宗让日本兵蹲下，让他踩在肩上，托上去采药。

“我的托你上去……”日本兵指手画脚。

“我够不着……”祁承宗指着那几棵小草。

“好的好的……”日本兵卸下枪支子弹袋，站在崖边，蹲下去了，祁承宗扶着石崖，双脚踩在日本兵肩膀上，日本兵站立起来。

“你的好好的……”

“是，你站稳啊！”祁承宗拔下了那几棵小草忙说。

“好了，下了……”

日本兵蹲下：“好的好的……”祁承宗下了地，那个日本兵忙去背枪，祁承宗转过身去，把那几株小草扔得远远地，玩了日本鬼子一把。

……

夜深了，洪先生和祁承宗还蹲在民夫草棚的角落里。

“今天白天听说日本鬼子要在开炮前把民夫集中在山沟里屠杀……”祁承宗把在日本少佐办公室里听到的情报告诉洪先生。

“嗯！我们也预计到他们会有这个阴谋，这是日本鬼子的一贯手段，建好秘密基地，一定不会放走民夫，我们得提前行动。”洪先生果断地说。

“日本兵还未开始搬运炮弹。”洪先生又说。

“听日本大佐的命令，应该是明天夜里。”祁承宗在给大佐换药时听见大佐对少佐下达命令。祁承宗混得时间多了，也能听懂一些日本话。

“这鬼子啊！二百多民夫啊！”

“还有那五十个伪军，大佐说中国军人也通通的……”祁承宗补充说。

“伪兵都在外围，我们顾不了那么多了，我们的目标是铁丝网的弹药库日本兵。”

“对！就那三座仓库二十多个日本兵。”

"你的药草准备好了？"

"准备好了。"

"捅马蜂窝的安排了几个人？"祁承宗问。

"三个人，他们已经察看了地形，明天夜里潜伏在草丛里过夜。日本鬼子不知什么时候点名？"洪先生问。

"日本大佐叫我今天不要过去，明天晚上集合训话，到他指挥部给他换药。"

"什么？明天夜里？"

"对！"

"那赶快通知他们潜入，在明晚点名之前抢先行动制造混乱，但不知道点名的地点……"

"还不知道，明天白天不知干什么活。"

祁承宗又说："那个少佐的脚还酸痛，他叫我明天上午去给他搽药。"

"那你把他控制住，用药……"洪先生说。

"行，我煲好汤药送去。"

……

「第十七章　杀敌立功，却陷魔掌」

三堆集炮火纷飞，硝烟弥漫，桂军一步一步紧缩包围圈。日本鬼子几万官兵被紧紧包围着，十几次突围都被猛烈火力挡了回去，鸠山四九急红了眼，不停地发报求援。

鹰嘴沟三十里外的山坡口上挤满了三万日军，三千伪军，虎视眈眈，在等待野炮阵地发射毒气弹，毒倒鹰嘴沟两边山头上的国军伏击部队。日本鬼子命令三千伪军打头阵，毒气弹落在阵地上，守军昏迷，伪军作为先锋，顶替日军作为毒气牺牲品，最后毒气散去，日军才冲过沟底……

这边野炮阵地上，一门门钢炮已经架在炮位上，山沟底的帐篷门帘已打开，几十个日本鬼子分成两拨，排在帐篷两旁，准备搬炮弹，一百多名伪军守在外围，还有一支日军中队去向不明，野炮阵地上有一个炮兵排，约三十人。

三百多民夫，全部被集中在野炮阵地右侧山沟里，一个个抱着头蹲着。十几个日本鬼子架着机枪，荷枪实弹，准备炮弹打出去时，用机枪把这批民夫杀光，不留活口，以免泄密。民夫还未枪杀前要点名，点名中不见了四个人，一个是祁承宗，他被押进大佐指挥所，大佐不想杀他，留着有用。洪先生带着两个游击队员，半夜潜入炮弹仓库山沟铁丝网外的灌木丛里……

太阳出来了，两个帐篷前，日本鬼子开始搬出一箱箱毒气炮弹，往山坡上搬，这时一阵山风吹过，天空中忽然飞过密密麻麻的昆虫，什么东西，越来越多，纷纷向搬炮弹的日本鬼子身上扑去。

“什么的东西……”日本少佐惊愕地问。

“哟呀哇哇……”一片鬼叫狼嚎，一个个日本鬼子扔下炮弹箱，双手抱头哇哇叫喊哀鸣着，一个个脸面肿了一团又一团。

……

原来，洪先生他们三人在灌木丛里捅了那个大马蜂窝，用烟火烧了一下，那马蜂被激怒了，它们四处飞舞，闻到人的汗味便扑上去叮。几千只马蜂，黑压压一片，铺天盖地，几十个鬼子兵，一个个倒在地上呼天喊娘，那个日本少佐抱头鼠窜，忙去找指挥官大佐。

灌木丛中洪先生三人用两条腰布包着另一个篮球大小的马蜂窝，轻轻地放进背篓里备用。日本少佐冲进大佐指挥部，报告了炮弹仓库发生的事件。

“蜂的咬我的……”少佐指了指他被马蜂窝咬过的伤口。

“是是疼的，一片黑黑的……”

“祁的你的办法大大的……”大佐指向祁承宗问。

“办法是有，你给我派三十个人……”

“三十人？”大佐问。

“没有兵员……”少佐向大佐说。

“民夫的干活！”

“民夫的统统押在沟底准备杀杀……”少佐说。

“调出三十个，三十个懂吗？”

祁承宗想，能救多少救多少，因此他开口要三十个民夫，而且三十个民夫中可能有游击队员。

“大佐我要挑大力壮壮的。”他转念一想又说。

“好的，你的带他去挑选的。”大佐下令道。少佐只好带着祁承宗去野炮阵地右侧山沟底，山沟底三百多个民夫被六挺机枪压在沟底，危在旦夕。

祁承宗走进民夫队伍，一个个挑选，并说明要有力气的，他把洪先生介绍给他认识过的十二个游击队员挑了出来，忽然有其中一个壮汉站了出来，这壮汉四十开外满脸黑胡茬，祁承宗认得这人叫郝大头。

“先生，我后面这班同村兄弟有力气，搬什么都行，带他们一起去吧。”这郝大头是混进民夫中的游击队区小队长，力气过人。

“好好好，带上，带上。”祁承宗回过头问日本少佐，“可以吗？”

“可以的，统统带去帮忙……”日本少佐把祁承宗挑选的民夫一个个叫出来。

忙活了一阵，祁承过告诉少佐，要去民夫住的草房搬药草。

“要去搬草药点火烟散马头蜂……”

“好的快快的……”

日本少佐跟在后面，祁承宗走在头里，领着大伙走向建了一半的砖瓦仓库旁那座民夫营地。那里堆着一堆半干青枝叶。

“大家每人一捆，抱去仓库那边，还有每三人一盒火柴……”祁承宗从口袋里掏出火柴分派给他们。

“我说点火，你们就点！”

“是。”

“点火？”日本少佐问。

“点火发烟，烟走那马蜂……”祁承宗解释道。

“好的，我就不陪你们……”日本少佐要走。

“那不好，少佐要指挥，大佐的命令你……”祁承宗笑着奉承少佐。

“好的，听我指挥……”

这会儿是祁承宗带队，他走在前头，加快脚步走向藏毒炮弹的两座帐篷营地。当他们走到跟前一看，那些日本兵都在地上哀号着。

“点火，十步一堆！”祁承宗命令道。

“好，点火，大家快快点！”忽然听得洪先生一阵大喊，洪先生带着那两位捅马蜂窝的游击队员混进了祁承宗的队伍。

火点起来了，干的点燃了，火势很猛，湿的盖在上面，不见火光，却是生出缕缕青烟，青烟缭绕，一团团升起，又散去，冲入日本鬼子的鼻孔，一个个呛得眼水鼻水流个不停，酸痛难忍。点火的人早已躲进灌木丛看热闹，他们一个个按照祁承宗的吩咐，用腰布浸湿包在鼻子上，等那些日本兵被彻底呛昏了才上去。

烟雾重重，日本鬼子少佐也倒在地上大叫大喊，日本兵们被马蜂叮得面青脸肿，加上这一熏，一个个昏头昏脑，人事不省。

“冲！冲上去！”洪先生见机会已到，他们按住那些昏头昏脑的日本鬼子，狠狠地打，打昏了，缴了枪械，脱下军服，然后一个个捆结实了。六十个日本兵加一个少佐，一枪未发都被捆住，堵上了嘴巴。

接着，洪先生指挥大伙，包括那几个不是游击队的民夫也听指挥了！

“快快撬开木箱，搬出炮弹，需要十几个箱子……”大伙一听忙去撬木箱，把炮弹搬在地上。

“把草放进木箱……”祁承宗叫大伙把烧剩的草塞进大箱。

“这个我自己干！”洪先生拿过一个腰布包，把一个马蜂窝轻轻地放进炮弹空箱子，“我们现在全都换上日本军装，抱上草药木箱上野炮阵地去，灭了那个炮排……”洪先生挥了挥手说。接着又转向祁承宗：“先生，你还是去看住那个大佐……”

“对！我去，他说要一直带着我做私人医生的……”那个日本大佐还是爱才，希望把祁承宗带在身边做私人医生，因此连日来一直优待祁承宗。

洪先生带着二十几人的队伍，身着日本军装，背着三八步枪，扛着炮弹箱，爬上山坡，向野炮阵地炮位走去，为日本炮兵送去“毒气炮弹”。

“哟是哟是！”日本炮兵中尉看见一队日本兵扛着炮弹上阵，高兴地挥舞着手上那两支红绿三角旗子。

上了阵地，炮弹箱一字摆开，放到各个炮位后面，中间那个是洪先生的炮弹箱，他撬开盖子，然后用刀斧往那个马蜂窝上一捅，瞬时间一大群马蜂，蜂拥而出，四处飞扑，见人就叮。送炮弹的游击队员一个个扑在地上，面着地。那二十几个日本炮兵尚不知发生什么事，破口大骂：“死拉死拉的，什么的干活……”那话音未落，早已让马蜂们叮在脸上，叮得面青脸肿哇哇叫。

“点火！”洪先生一声令下，扑在地上，假日本兵打开箱点燃里面的药草，顿时青烟一团团缭绕着，扑向日本炮兵。假日本兵早已一个个滚向山沟底。

“乓乓乓！”突然三声枪响，日本炮兵中尉，拔出手枪向天鸣枪。

“阵地出事了！”阵地右侧的那十几个准备屠杀民夫的日本兵一听，他们提着机枪就往山坡上冲，冲向野炮阵地。可惜，一个个同样被马蜂叮咬，被毒草烟熏，全都中了招。洪先生马上命令郝大头，快带领队员托起日本鬼子机枪去解救民夫。留守在杀民夫阵地上的还有六个日本兵，他们看见有十几个日本兵冲了上来便问道：“什么的干活？”

“这个的干活……”郝大头举着轻机枪一轮扫射，六个日本兵还没有反应过来，就全部倒下了。

听见阵阵枪声，日本大佐冲出指挥所一看，不好，他拔出手枪向天空鸣枪召集部队。然而伪军在山下，炮弹在山下，炮弹仓库和野炮阵上的炮兵全都被捆个结实，成了俘虏，还有一个中队埋伏着不能动。他冲上山坡一看，野炮阵地扫过一阵机枪子弹，他伏在地上，许久不敢动。

祁承宗见状，料已成功，遂稳坐指挥所，等待洪先生他们上来抓住日本大佐。但是日本大佐见情势不好，跑回了指挥所，命令他身边那个日本卫兵押着祁承宗。

"快快地走……"祁承宗在这个日本兵枪口下，被掳走了，再次落入魔掌。日本大佐押着祁承宗下山了……

山那边计划好的分区支队和县大队守在野炮阵地山顶，等候野炮阵地的枪声和信号弹。洪先生把日本兵绑好之后，用日本炮兵中尉的信号枪连打三发信号弹。支队长刘志得一挥枪，带领队伍冲下山坡，准备去占领日本鬼子野战阵地，缴获毒气弹……

三百多名游击支队战士端着枪往下冲，忽然间山坡上树丛里"突突突"扫过一阵机枪子弹。

"卧倒！"刘支队长一声大吼，"有埋伏！"

天啊！那个日本鬼大佐把另外一个中队鬼子兵埋伏在野炮阵地山坡上，预防游击队，国军从山那头过来袭击。鬼子一阵扫射，倒下了五个战士……

野炮阵地上，洪先生听见阵地山坡上的枪声，一看，一大班日本兵站立起来，咿咿喳喳地冲向山上的游击队。这一突然袭击，把游击支队搞糊涂了，他们不知道这一边埋伏着多少日本兵，只得伏在草丛里，不敢轻举妄动。可那日本鬼子十分嚣张，一个个端着枪往上扫射，弹点密密的，又有几位战士牺牲了。洪先生用炮兵的望远镜看见了这一切。于是，他命令留下四人守住日本俘虏，其余战士端上机枪步枪从后面冲上去，打它个稀巴烂。

"噼噼啪啪……"一阵枪声从后面打进埋伏在山坡的日本鬼子队伍。山上游击支队听见日本兵后面的枪声，明白了。当日本伏兵回过头去还击进攻时，他们趁机一个冲锋，几百名游击战士从山上冲了下来。洪先生的子弹打得日本鬼子抬不起头，两面来攻，只半个时辰他们就消灭了四十多个日本鬼子，剩下十九个日本兵包括那个日军上尉都成了俘虏……

只可惜，祁承宗再次落入鬼子阵营，他将被带去何方呢？谁也不知道。

三堆集大战消灭了日军鸠山四九中将手下三万多个鬼子兵，震惊中外，震惊日本朝野，打破了日本不可战胜的鬼话，日本鬼子预言三个月占领全中国的计划成了泡影，全国军民抗战的信心受到极大鼓舞。

静伏在鹰嘴沟以南的三万日本援兵，垂头丧气地撤退了。鹰嘴沟伏击援兵，取得空前胜利，日本鬼子援兵在鹰嘴沟底留下了一千多具尸体。

日本鬼子使用的灭绝人性的毒气弹，被八路军收缴了，并通过西方报纸公之于全世界。世界反法西斯的各国政府、人民纷纷集会抗议谴责日本帝国主义，日本天皇成了全世界人民的公敌。

「第十八章　沦陷城里遇故人」

兜兜转转，祁承宗被野炮阵地最高指挥官大佐带走了，带到日本军占领的江州城。江州城早已沦为日占区，那个丢了毒气弹野炮阵地的日本大佐，被降为上尉，调往江州城日本城防指挥部后勤仓库，做了药品仓库主任。他也心遂所愿，终日拉着祁承宗研究中国草药，常常和日本卫兵押着祁承宗到野外挖草药，妄想占领全中国之后，自己也可成为祁承宗这样的“神医”，在中国、在日本大显身手。一年下来，祁承宗也教他认识了不少草药，但是祁承宗胸有成竹，暗中把教他认识的草药用途治病方法全都教反了。这个小日本哪里知道，中华民族的中草药治病良方，从神农氏尝百药开始，已经有几千年的历史，那可是中华民族的遗产，哪里可以随便传授给日本侵略者呢？祁承宗暗自发笑：祁家祖训是传内不传外，传男不传女。而今我在你的枪口和刺刀之下，不得不教你认识草药，但是你想拿去治病救人，那一定治不好，治死人，嘿嘿！祁承宗暗自冷笑。就这样两年过去了，祁承宗终日无所事事……

夜，满天星星，春天里都是雨雾天空，为何今夜天空星光灿烂，这春天怎么如此异常？看守祁承宗的日本兵申勇山不见了，祁承宗独自一个人走在营地的空坪上，寻思着两年来这个日本兵对他很友善，未曾叱骂过他。日本大佐不在时，他从不干涉祁承宗的采药行动，但是决决不能离开仓库兵营。奇怪了，今夜他去了哪里？祁承宗闲庭信步，走过那个日本仓库主任的房子窗外，只听得房子里一阵厉声呵斥，祁承宗走近窗边踮起脚尖一看，那个守卫他的卫兵站在旁边，有两个日本军官在训斥那个日本仓库主任。

“你的丢了野炮阵地，罪大大的……”一个戴日本大佐军衔，满脸黑胡茬的军官大声呵斥。

“你的军部的命令，上军事法庭……”旁边一位日本少佐拿着一张命令书晃了晃说。这时，卫兵退出了房子。紧接着，两个全副武装的日本兵进了房子，卸下了那个日本仓库主任的枪和指挥刀。

“你的药的仓库锁匙移交！”那个黑胡茬军官操着半生不熟的日本话命令。

“你的假的假的……”鬼子仓库主任听见这几句不地道的日本话，发觉这些人不是日本兵！

“死啦死啦 ……”他扑向大胡子去夺枪，并大呼：“勇山君勇山君，快快的按警报……”

卫兵勇山匆匆忙忙走了上来，冲到他面前：“太君什么的警报……”话未了，一把尺多长的尖刀，突然刺进那个号叫的日本鬼子脖子里，日本大佐一命呜呼……

这个日本卫兵胆敢杀他的上司！祁承宗蹲在地上不敢再看下去，他寻思着，那个大胡子，还有那个日本少佐的声音有点儿熟，可是他们讲日本话啊！

“快快快，让同志们去仓库搬药上车，主要是盘尼西林……”那个日本少佐对着大胡子日本大佐说，日本大佐走出房门，消失在黑夜中。

“勇山同志你辛苦了，不容易啊，两年多了……”那个日本少佐上前抱着卫兵申勇山说。

“同志，两年……”祁承宗一听莫明其妙，那声音不是洪……

“快快快，快找到祁先生和我们一起转移，这里有一套日本军装，你拿去让他穿上。快领他出仓库上车……”

天呀！这不是那年野炮阵地的洪先生吗？他迫不及待转过房角，冲进房子里和申勇山撞了个满怀。

“你……”祁承宗喊了一声。

“不要动……”申勇山以为是日本兵，用于抢抵住祁承宗的下腹。

“是我……”

“噢！先生，快快……”

“祁承宗……”这时从屋里走出那位日本少佐，“祁先生，让你受苦了……”

“洪先生……”

“他现在是我支队政委，洪政委……”

“先生啊！”洪政委抱着祁承宗，热泪盈眶。

“那天我们消灭了野炮阵地的日本鬼子，却到处找不到你啊！幸得后来，我们这位打入日军的申勇山同志。我们通过申勇山同志的了解，才知道你被鬼子扣押在这里了呀！”

“是啊！这位申什么？”

“申勇山同志！”

“同志，噢对，同志时刻在我身边，虽然我不知道他是你们的人，但我知道他是个好人……”

“是啊！他是潜伏在日本军中的地下党员申勇山同志，日本反战同盟战士，陪护在日本大佐身边，收集日本鬼子的情报。申勇山是日本共产党支部成员，他应征入伍日本军队，进入中国后，要求加入我党，回到组织里工作。但是组织上让他继续留在日军中搜集情报。我是申勇山同志的直接联系人，野炮阵地的情报大都是申勇山提供的啊！哈哈哈，日本鬼子都还蒙在鼓里呢……”

“哎哟！连我都看不出啊！你这个日本卫兵……”祁承宗拉着申勇山说，“怪不得日本话那么流利。”

“我们八路军野战医院缺医少药，上回三堆集大战之后，桂军缴获了日军三堆集野战医院的药物，支援了我们一批。我们把那批药品送到延安去了，那里迫切需要药品，现在我们八路军队伍里，各个野战医院都缺医少药，特别是麻醉药和盘尼西林。申勇山同志发情报给我，说最近这里运进一大批药品，大都是盘尼西林，我们十分需要，但是因为这里仓库的警卫部队有一个联队，驻军太多，我们一个支队几百人的队伍，如何拿得下？等了三个多月，两天前，我接到勇山同志的情报，日军前线告急，临时抽调这里的日军联队上前线，只留下一个中队，我们就……”

“化妆成日本鬼子？哈哈哈，挺像的，只是那大胡子……”

“哈哈哈，我只会几句啊！比如死了死了……”大胡子说完哈哈大笑。

……

祁承宗依然背着那个小背篓，流浪在祖居地的茫茫归途上。他谢绝了八路军野战医院的挽留，惜别了洪政委的情谊。

“很抱歉，我要遵照祖训，寻根问祖归旧家，我的始祖在广西行医有百多年了。我们祁家由于战乱，四处流散，我必须找祖居地，落叶归根，留下祁家根脉……”祁承宗和野炮阵地一起战斗过的朋友们一一道别。

祁承宗吸取教训，不敢走城市，专找乡村僻野小路而行。过黄河，渡长江，他再也不敢乘坐大轮船，只走乡村角落野渡。他不敢走沦陷区，沦陷区大都是城镇，只走小村山旮旯，宁走弯路，宁走冤枉路，迂回路，也不敢走大道。因为在那个年代，中国大地烽火四起，战乱遍地，日军、国军、民团大都占据市镇，横行乡里。他自从离开游击队营地之后，已经好久没有再见到游击队和八路军队伍了。他寻思，那是人民自己的队伍，他们必须在敌后抗日。他不愿意再碰上什么国军，在那里他将完全失去自由……

祁承宗风雨兼程，风餐露宿，鞋子走破了七八双，行程有多少？他也记不清，总有千把里吧！他一路走小山村，为村民行医，赚得一餐半餐，一个玉米，一个馒头，一张煎饼，度过一天又一天。他的腰布里虽然藏着几十个大洋，但没有地方花，山村角落，没有可买的商品，他也不敢住客栈，走到哪里天黑了，就歇到哪里。半年了，不知道前路多远，不知前路有多少艰险。他心里想，只要我不倒下，一步一步走过去，总有一天会走出生天……

昨天的一场暴雨，下了一天一夜，他躲在湖南娄岭界山上的石洞里，躲了一天一夜，娄岭和广西十万大山交界，再有两三天山路便进入广西界了，离金州城不远了，但又不知故居浦岭村在何方。路在嘴里，祁承宗一路走一路问。

雨过天晴，祁承宗下了山，走进娄岭，哇！娄岭却是一个大集镇，镇里有五六条大街，店铺林立，不好！有背大枪穿黑衣的兵丁，也有穿黄军衣的军人，一队队，一个个走在大街上。

“这里又是兵患之地……”祁承宗心头咯噔了一下，我不能再陷魔掌了。于是他赶快转身，走向镇郊，不敢回头，他决心找一个小村落，打听一下如何走向县城。祁承宗走着走着，大约走了有半晌时光，走到山脚下一个小村子，村子后面是一座大山，山嶂重叠，一峰接一峰。村前是一条小溪，溪水清澈，水流很急。祁承宗走到村口，此时天色已经暗了下来，夜幕即将降临，却见有人推着一辆独轮车，推车的是一个白发苍苍的老头，车上躺着一个披头散发的女人，女人“哼哼哼”地哀叫着。奇怪，这么晚了，这位老人家怎么把一个女人推往山上呢？

“大叔！这么晚了，你这是……”祁承宗上前打招呼。

白发老头摇了摇头：“莫问莫问……”老头只顾使劲推独轮车。

“大叔，永宁县城怎么走？”

“你走反了，回过头去沿着溪岸……”老人用手指向祁承宗后背。

“你这是……”祁承宗近前一看，一个女人肚子凸起，哼哼地叫……

“这人有病吗？”祁承宗问。

“病，无药可医的病，村里有规矩，得到这种病要活埋，自古如此……”

“活埋？那怎么可以？”祁承宗拦在独轮车前。

“先生，这几天，我们村已经埋掉七个……”

“七个，都什么病？”

“都一样……”

“她是……”

“我的女儿……”

“我看一看好吗？”

“你会……”

“试一试，看看活不活得成……”祁承宗上前摸了摸女病人鼓胀的腹部，又摸了摸脉搏，从背篓里掏出手电筒照了照女人的脸面，女人很年轻，长长的柳眉下有一双大眼睛，眼睛睁开着，饱含泪水像是在祈求……

“阿叔！你这女人是病了，但不可活埋……”

“没得医，村里都埋了好几个，不埋会传染给别人……”

“不！有得医……”祁承宗接过独轮车把，“叔，我们回吧！你住哪里？”

“我住村头第三排头一座，你会医？可村里百十年有规定，有肚大的人要活埋……”

“不是的，你女儿是肾病，家里还有人得这种病吗？”

“是是，他妈就是……”老人痛不欲言，他的妻子五年前便是因此病被活埋了的。

“走！回家！你们村还有这样的病人吗？”

“有啊！还有好多个……”老人摆了摆手摇头说。

于是，他把病人拉回家里，老汉掌灯，他先为女病人针了十二个穴位。病人不叫痛了，他在命门、肾俞、足三里、血海、京门、期门等穴位反复施针，然后从布袋里掏出一把薏苡仁，又从背篓里抓出一把高粱根。

“叔！你快快把这个熬好，放五碗水煲一个时辰，快……”祁承宗安排老人煲药，老头家里只有父女俩，山草搭的房屋，分两隔，中间是一个小厅兼做饭的地方。祁承宗累极了，他将就倒在草屋小厅的地上睡着了。

“先生，我女儿啥子病？”老人问。

“……”祁承宗已经昏昏入睡，老人见状不敢再问。

天蒙蒙亮，祁承宗张眼一看，白发老人坐在他身边，拿着一把破蒲扇，一扇一扇给他赶蚊子……

“大叔！你没睡？”

“刚煲好药水。”

“好！喂药。”祁承宗把药水倒在大碗里，老人扶起女儿灌药水。

接着，祁承宗又在病人的膀胱俞、八髎、大杼、章门、支沟、气海俞等另一组穴位处针了一轮。

“来！先生喝稀饭……”老人端过一碗米粥，“先生是救命恩人。我家穷着哩，只有这几碗米煮稀饭了……”

天大亮了，祁承宗从腰布里掏出两个银圆：“阿叔你去买两袋米，再买一个猪腰子……”

“这，这哪里要得……”白发老人推开祁承宗那两个银圆。

“阿叔，救人要紧，要得要得，猪腰子是给病人配药用的。请问阿叔高姓大名，女病人……”

“我什么高姓大名，山民姓郎，叫郎得泉，那是我女儿阿杏，今年才十八岁……”

“噢！好好好……”

“有得救？”老人望着祁承宗，哀求似地问。

……

十二天过去了，阿杏站立起来了，肿胀的肚子不见了。虽然还有些精神恍惚，腰酸脚软，但是她脸上泛起红晕，忽闪忽闪的大眼睛，亭亭玉立，好一个大姑娘。她把头发扎成一条乌黑大辫子，甩在脑后，走路时一摆一晃地。她收拢多日未洗的衣服被褥，抱了一大堆，走到村前小溪边，小溪旁边有一排女人在洗衣服，大伙一看："阿杏，见鬼啊！"女人们慌忙抱起衣服走散了："阿杏才埋了十几天，怎么这鬼魂……"一个个吓得顾不得手上的衣服，狂奔着："鬼啊！鬼啊……"

"咿喂！你们跑什么啊！我没有被活埋，有个神仙医生医好了我的病……"

"哎哟！鬼讲人话！"有人大喊，这时有两位五六十岁的老妇人，听得阿杏的声音，料定不会是鬼，鬼不会有这般瓷实的声音。

"阿杏？你？你真是人，阿杏？"灰白头发的大娘壮着胆子走到阿杏跟前，摸了摸阿杏的手，暖乎乎地。"不是鬼，是阿杏，阿杏本人！"

"喂！你们跑个啥呀！阿杏啊！人啊！不是鬼啊！快快回来……"

……

大伙回到小溪岸旁石板上，一个个抢着上前摸阿杏，问这个问那个，问个不停。

"神仙下凡……"白发大娘跪在地上，双手合十，对着天拜了又拜，顿时十几个女人都一齐跪在地上，对着天空又拜又叩头……

「第十九章　莫名的病因」

晨曦放射着一道道金光，照着这个小山村，村前小溪闪烁着阳光的倒影。祁承宗今天准备上山采药，阿杏的腹水已消，小便通畅，只是两个肾的疮毒尚未完全清干净，他必须上山采草药。真不明白，十八岁的大姑娘，为什么会肾脓肿？祁承宗百思莫解……

晌午，祁承宗回来了，刚踏入房，把他吓了一大跳。小小草屋里挤了一大群人，男男女女，站着的，坐在地下的，他们一见祁承宗，蜂拥而上，大叫："先生，神仙……"把祁承宗围在中间。

"你们……"

"先生神仙，帮帮我们吧……"说时迟那时快，男男女女齐刷刷地跪在地上围着祁承宗。

"得泉阿叔，这是……"

"先生啊！他们家里也有人得阿杏这种病症啊！他们……"老人无奈地用衣袖擦去泪水，泣不成声，"这么多年，村子里都活埋过这种病症的几十个了，这病症还在折磨着……"

"是啊！神仙，救救我儿子吧！"一位头发灰白、蓬松盖脸的老婆婆给祁承宗叩着头。

"这这这……大伙起来，起来，我医，医，留下来医，起来吧……"

祁承宗被这般情景感动得忍不住了，眼眶一热，淌下两颗豆大的泪珠。他定睛一看，数了数围在这里的有十五个人，即有十五家人患这种病，莫名其妙，这是什么病根啊！祁承宗十分纠结无奈，他只得请阿杏引路，一家一家去给这十五户家的病人施针、施药。

一天、两天、三天……

这几天，他从天亮到天黑，每天都是上午给病人治病，下午上山采药。

累了，累极了，累得感冒了，他就自己给自己捡草药，让阿杏帮他煲。

“阿杏，你我把这草药煲了，另外再给我煲一大碗开水，我好送药……”祁承宗累得不能上山采药了，阿杏把他扶上床休息。

“先生，药煲好了……”阿杏递过一碗药茶，祁承宗慢慢喝下，接着他又问阿杏要那碗开水送药。

“开水来了！”阿杏端来一碗凉开水。

“煮开了吗？这是要送药的……”祁承宗担心是凉水。因为这么多天来，他没有发现这父女俩烧过开水，都是喝水缸里的溪水。

“煮开了，先生……”阿杏认真地说。

祁承宗接过那碗开水，慢慢地喝了一口，然后往口里送了几颗黑色药丸子，然后再喝一口，两口……忽然，他停下了，不敢再喝。

“这……”他凝望着碗底。

“先生，什么事……”阿杏站在旁边呆呆地望着他。

“这水……”祁承宗忽然发现开水的碗底沉淀了一层白色的杂质，白色里掺杂着微小的黑点点：“这是什么东西，阿杏再给我一个碗。”

阿杏拿过一个空碗，祁承宗把剩下的开水倒过去，留下碗底那层不明物质，他用指尖沾了一点，搓了几下又闻了闻。

“明白了，阿杏，你们家这水从哪里来？”

“村前小溪挑来的啊！”阿杏双眼迷惘。

“全村都吃这小溪水吗？”

“是啊！就只有这条小溪嘛！”

“不好了！”祁承宗大声一吼，吓得屋外的郎得泉大叔跑了进来。

“啥事不好……”

“大叔！你们村全喝这水，不烧开水？”祁承宗认真地问。

“是啊！哪有工夫烧水，全村世世代代喝凉水。”大叔觉得祁承宗问得奇怪，“这是正事啊！喝溪水是正事啊！”

“不是的，阿叔，你来看一看。”祁承宗把那个碗底的杂质递给老人家。

“阿杏帮我烧开水送药，你看，水烧开之后，沉下这些东西是毒物啊！你们全都喝小溪水？”

"哟！不明白啊！全村都靠小溪水……"

"这溪水从何而来？"

"山上流下的水……"

"是溪底泉眼水，还是山面上流下的水？"

"哪有泉呢，全是山上流下的水，不信我带你去看看……"

"好！看看去！"

于是，郎大叔、阿杏走在前头，带着祁承宗走向村后的大山。上了山坡，只见一股股潺潺流水，从山顶一道道山坑稀稀拉拉往山下流淌着。

"这水流到小溪？"

"是，我们世世代代喝这水。"郎大叔说。

"阿杏装一罐回去。"祁承宗叫阿杏用瓦缸装了大半罐山水带回家去。

回到家里，祁承宗把山水烧开，然后倒在碗里沉淀，一会儿工夫，碗里就沉淀了一层乳白色的杂质，还有斑斑黑点。

"毛病……"祁承宗说了一句。

"什么毛……"郎得泉不知道发什么事。

"这水有毒！"祁承宗说。

"毒！"阿杏父女张着大口。

"大叔！你明天陪我上一趟山好吗？"

"好好好！"接着转过身子，"阿杏，明早煮几个玉米。"

"好咧！"

"阿叔你们村里有头人么？"

"也不叫什么头人，有个族长。"

"管事吗？"

"也管，不过我们这村子二百多户人家有五个姓氏，郎、秦、吕、岑、陆。郎姓人多，是大姓，有一百二十多户人家，村里大事都是找郎世道叔公商量，这活埋大肚病人本是村规。"

"那请郎世道叔公一起上山行吗？"

"这个嘛！我得问一问。"郎得泉大叔不敢肯定。

"不！我和你一起去拜会……"

“那太好了。”

黄昏，郎得泉领着祁承宗走到村中央的一座三进大屋里，郎世道在后厅接待他们。

“先生，慢待了，慢待了，快上茶。”族长捋着下巴上一小撮灰白胡子，笑得眼尾皱纹开花似的。族长穿着深蓝大圆暗花唐装上衣，中等身材，尖鼻、细眼、大嘴巴、圆下巴，笑起来眼睛只见一条缝儿。族长家有良田百多亩，从前在娄岭镇经商煤炭，赚了钱回乡里买下百亩良田，留下个儿子在镇里经商，他自个儿告老还乡收田租，其实也只五十六岁。五十多岁在那个年月已算老人了，他自个儿也称老了。

“族长家里有开水？”祁承宗问。

“开水！嘿嘿嘿泡茶，毛尖……”族长殷勤地说。他打心里崇敬这个草药医生，为村里病人治好病，不收分文。

“先生可是华佗再世，济世菩萨。”族长接着说。

“不好这么说，我只是一个行脚草医而已，我喝不惯茶，想喝开水。”祁承宗说。

“开水！好好！来，阿卿，上开水！”族长呼喝女佣人上开水。

“来了！开水送上来了。”

“先生，喝……”族长虔诚地说。

“等等！”祁承宗把一杯开水放在桌子上。

“族长，今天可有空和我上山一趟看看风水。”

“风水！你也懂？”

“颇知一二。”

“那，那奉陪，请问先生什么时辰起行？”

“别忙！请给我一个空碗。”

“你要碗？”

“是！”

“阿卿拿大花碗……”

“不，白的，要纯正白的。”

阿卿拿过一个大白碗，祁承宗接过白碗，把那杯开水慢慢注入白碗。少顷，他把大白碗端到族长面前。

“族长，请你看这开水里有什么？”

“有什么？”族长戴着老花镜，用食指沾了一下，“咦！什么东西？白粉黑沫，哟！先生，不不，不是我下毒药，不是的先生……”族长误以为祁承宗说他下药毒他。

“我知道！不是你下毒，只是这水中有毒，请你再给我一个碗。”

阿卿又拿来一个小碗，祁承宗把白碗的水轻轻倒入小碗，又见白碗底沉淀着薄薄一层白渣。

“族长你看，这水沉了两次都有这东西。”

“为什么？村前溪水家家一样喝啊！”族长摘下老花镜，凝望着祁承宗。

“族长你家是烧水泡茶，自然不染病痛，可那村民都喝凉水，水中此物也喝下肚去了……”祁承宗用指头慢慢地挑起一点碗底白粉说。

“有毒？什么毒？”族长张着大口。

“现在不明白因由，我们顺着山上流下的水源去看一看，这水源从何而来。”

“好好！即时起行……”族长急不可待。

“不急，明早起行。”

“好，明早明早。”

……

翌日天刚放亮，族长带着两名家丁，家丁腰上插着驳壳枪，郎得泉大叔头里带路，他们一行五人顺着山坑流水追寻水流源头。

山坑水流弯弯曲曲，在山上从高处往低处流淌。他们爬上半山腰，水还在山顶往下流。中午了，他们便坐在山坑旁歇脚吃午餐，族长叫家丁铺下草席，拿出边炉，点燃木炭，族长在山上打边炉招待祁承宗。祁承宗独自一人四处溜达着，他在山坑泉水中捡到两块闪着银光泛着黄色的石头，一块，两块，三块……他接连捡了十几块，扔在小背篓里，有金黄色、银灰色，还有黄色的。

他回到族长铺的席上，取出那十几块石头。

“风水看好了，你看！”他指着那十几块矿石。

“这是什么金、银……”族长拿上手放在眼镜下端详着。

“这是矿石，你们这大山里都藏着大量矿石，有铜矿，铅矿，硫铁，这些矿石含大量毒性很高的硫黄和水银，山上的水就是从这些矿石上流下去，流进你们村的小溪里。天天如此，年年如此，你们村里喝的都是这些硫毒水，进入内脏，引发肾脏脓肿发病，如果这水煮过再喝，中毒程度就会大大减轻……”

“哟……”一席话吓得族长一头汗珠儿。

“有这怪事？”郎得泉惊疑地问。

“这是铁的事实，你们不能再喝此溪水了。”

“这个……”族长呆在那里。

“还看吗？”

“不，不看了！阿才快去，捡多几块，回去告诫村民。”族长忙说。

“不！族长，你们要挖井，挖水井，水井水是地下水，经过地土过滤，就算是这山水，经过地土过滤便也好多了。”祁承宗劝道。

“好好好！我来出钱挖井，挖挖挖。”族长感激万千，“你救苦救难啊，先生……”族长居然给祁承宗下跪。

“不可，不可……”祁承宗忙上前扶起族长。

“先生你有什么难处，尽管说来……”族长拉着祁承宗的手说。

“我离家好几年了，要回广西金州寻祖居，可目前这战乱世道，我两次落入国军、日军兵营，这次幸有贵人帮我逃脱。可我又走错路，迷了路，误入你们村……”祁承宗无限感慨地叹了一声。

“哎，这事我包了，快快回村，我让家人送你上车站……”族长使劲拍了拍祁承宗的肩膀。

……

黄昏，一行五人回到小山村刚进村头，却见十几个人围了上来，有男有女。他们一见有个面生的人，认准是医生，忙上前跪在地上。

“神仙医生，救救我们……”族长上前一看，原来是他们邻村竹头村的人。竹头村在他们村下游同喝这山溪水，村民大都染上肾脓肿病症。

“好好好！回吧！我请先生为你们治病。”族长拉着祁承宗走上前。

“对对对，请起，我给你们开药……”祁承宗一个个扶起他们。

……

祁承宗在竹头村里又耽搁了三十多天，为三十多个病人治好了病，指导他们挖了六口水井，这才回到族长家。族长派了四个家丁把祁承宗护送到娄岭找少东家，让少东家郎桂才亲自陪祁承宗上衡阳转火车去广西……

「第二十章　怒斥江湖骗子惹风波」

郎族长的儿子郎桂才放下生意，亲自陪着祁承宗一路转车又转车，终于到了湘桂交界处，此乃兵家必争之地。战乱年代，走到哪座城市都是兵荒马乱，株洲、衡阳还被日本鬼子占领着。郎桂才身高两丈有余，魁梧的身材，走路生风，浓眉大眼，从小拜师练武，腰缠铁鞭，自有一身武艺，在那娄岭经商，无人敢欺侮他，地头蛇都不敢上门收地蛇费。而今一路走来，却不敢坐汽车，只能乘马车、牛车，一路走乡下的偏僻山路，过株洲不敢入城，那城门全是鬼子兵把守，如临大敌。过衡阳更是风声鹤唳，传说什么国军和八路军，十万大军兵临城下，日本鬼子封锁城门各通道，枪炮林立，大战在即。虽然日本鬼子即将穷途末路，德国法西斯已经战败，可那些不知死活的日本鬼子尚在拚死挣扎，全中国抗日军民转入大反攻。因此，城中战争一触即发。但凭你郎桂才一身武艺，一条钢鞭，怎奈何日本鬼子的枪炮。无奈之中，本来三五日车程，他们处处避着日伪军，迂回曲折走山路，足足走了二十多天才来到永兴城郊外的丰坑小镇。听说这里是游击区，此小镇山重水复，高山密林，小镇就在大山脚下，日伪军不敢进入，因此，这里还算太平。郎桂才想在这里租一辆牛车，走山路过广西桂玉，他想，到了桂玉城就好办了，那里是国军占领的地盘，到桂玉便可打听祁先生的祖居了。

黄昏，他们的牛车才到达丰坑小镇，小镇只有一家叫“山居客栈”的客栈。客栈不大，却是清静整洁，依山而建，店后是山林，住客稀少。祁承宗一路奔波，无一日安宁，今日见此安静小店，心头平静，颇觉安宁。他想在此店小住数日，再作打算，于是他倒在床上，和郎桂才商量未来的行程。

“郎老板，这么多天，亏得有你帮忙引路，不然我都不知要多走多少冤枉路。而今此湘桂边界，依然炮火纷飞。我还是多住数日，你是生意人，送我到此地，已经影响了你太多了，请你择路返回吧！这里已是广西交界处，我自个儿可以找到祖居了……”祁承宗自个儿说着说着，耳边却听得阵阵呼噜声。原来累得筋疲力尽的大汉郎桂才一躺上床，便已呼呼入睡了。他也太累了，连日来，牛车、马车、渡船、走山路，为了护卫祁先生，他不敢违背父训，尽心尽力，一路辛劳，生怕祁承宗落入兵匪之手，而今在此安静小店，他终于可以放下心呼呼大睡了……

郎桂才睡得那么香甜，祁承宗也昏昏欲睡。他们连饭都没吃，客栈伙计几次拍门，他俩听不见，呼呼大睡，一直睡到日头西斜，这才听得祁承宗打了一个哈欠，“啊”了一声。郎桂才也转过身，张开大眼：“噢呀！几时了？”他忙掏出怀表一看，二时，是下午二时了？当他看见窗外猛烈的阳光时，才大叫起来：“哇哟，我睡了一天一夜！”

“也不是一天一夜，只半天一夜罢了。”祁承宗收拾起床，拉了拉衣服，这时店伙计前来请他们吃饭，他俩这才匆匆洗漱一番，下了木梯去吃饭，两天了才吃这一餐饭。

吃完饭，百无聊赖，祁承宗再三对郎桂才说：“郎老板，我们出去雇辆马车，你还是回去开店吧，这里是湘桂交界处，我自己可以走了，不会出什么事了。”

“那可不敢，家父交代，一直送到广西，不到达广西我不会回去的，先生不要再提了……”郎桂才是一个说一不二的硬汉子，大概习武的人性格都如此吧！于是他们决定到街上走一走，打探交通路程，如何越界过广西，走什么路，乘什么车。郎桂才在前，祁承宗在后，一路走在石板小街上。小街两旁店铺林立，大都是卖山货，如桐油、茶籽油，还有火水油、火柴之类的商品，也有两三间米铺，街边有许多农妇摆卖青菜、鸡鸭之类。他俩走着走着，走到山神庙，山神庙前围满了人群，人头拥拥，有数百人之多。忽然传来阵阵锣声，“当当当当当！”锣声清脆刺耳。今天是庙日吗？有人唱戏？

祁承宗上前问一位大娘：“大娘啊！庙里在做戏？”

“哟！哪有戏啊！是卖药，卖药……”老大娘边说边走。

卖药？这山区小镇乃偏僻之地，也有高明医师？祁承宗觉得好奇，不妨去看看这卖药之人，若是高人，也可请教几个方头。

“我们去看看！”祁承宗拉了拉郎桂才的衣角。

“哎！看什么，走江湖，江湖佬你也信？”郎桂才是经商之人，他略知街市卖药的把戏。

“不妨，看看卖什么灵丹妙药？”祁承宗是个不见黄河心不死的人。

于是他俩用力挤进人群，挤到前排，双手抱胸，站在那里。

只见一个黑大汉，板寸头，满脸黑胡茬，尖鼻、圆眼、阔嘴巴，是一个身材高大壮实的中年汉子，手拿铜锣敲着。好面熟啊，祁承宗暗地思忖。

“当当当当当……”大汉口里喊叫着：“打得锣多锣吵耳。各位父老乡亲，不妨亲眼看看我这胸膛……”他用力拍拍满是黑毛的胸膛，然后用口吐了一口唾沫，从他摊上捡了一个纸袋，倒出一个小指粗的黑丸子，放进口里咬了几下，然后吐在掌心上，用力往胸膛上擦了擦：“这是祖传药丸，天门山首任老道士，山灯大师便是本人老祖。山灯大师当年在天门山上练的药丹治好多病，你肚痛屙吐，风痛心痛脚痛，虫咬蚊叮，吃一颗搽一搽，百病全消……”这大汉自吹自擂，接着他又牵出一只小猴子。

“不信吗？你们看！当面见功，我把这小厮打死了，再给它吃一丸，保准这小猴起死回生。”说完，他用掌往猴头一拍，那小猴真的昏死在地，一动不动，无声无息，众人看得目瞪口呆，小猴死了，太可惜了。

“不用惊不用怕，不用担心啊！看我的……”说着这黑大汉拿出一颗黑丸子往猴子口中一塞，少顷，黑大汉上前抱起猴子，在它胸前拍了拍，忽然间小猴子睁开眼睛，一跃跳落地上，对着围观人群跑了一圈，然后站立起来，“咿咿呀呀”傻笑着，露出一口尖牙……

“各位父老乡亲，看见了吗？我这还魂丹，起死回生啊！”

“吹啊！吹牛啊！”郎桂才大声呵斥。

“你说什么？先生你没看见吗？”

“嘿嘿……”祁承宗在旁冷笑着。

“你们不信？”黑大汉起到祁承宗面前，怒目圆瞪。

“我知道你这是什么药。我看得多了！”祁承宗冷眼相望。

“你什么意思？踩场？”

“我问声大师，你这什么还魂丹用了什么药？”

“家传秘方！”

“家传秘方？嘿！我好像在四川集山镇见过你，怎么这么快就放出来了？”原来那年这厮在集山镇卖假药，药死人，让官府拉了去镇公所，曾请祁承宗鉴定过他的仙丹，这仙丹原来是用锅底灰加糯米粉熬制而成丸，哪是什么鬼仙丹。

“你那锅底灰丸我早……”

“噢！原来就是你坏了我的大事！”黑大汉说着上前拉住祁承宗举手欲打。

“啪”一声，只见郎桂才一掌把那大汉打了个趔趄。

“你？”黑大汉上前要和郎桂才一比高低。只见黑大汉一个冲拳打过来，郎桂才侧身一拉，拉得那个大汉扑在地上狗吃屎，郎桂才上前用左脚踩在黑大汉背上说：“这厮卖假药，乡亲们……”

“对，这骗子几年前在四川卖此假药，被警察局抓了去，这什么还魂丹？是用锅灰加糯米熬制而成。那猴子是他教练的……”祁承宗举着药丸对乡亲们说。

人群中顿时喊声如雷：“打死他，骗子害人……”

那黑大汉抱着头钻出人群鼠窜而逃，连家什和假药都不要了。

“请问先生，是医生吗？”人群中有人问。

“我们路过，就走了……”郎桂才说着拉起祁承宗，挤出人群回客栈了。言者无意，听者有心。山神庙前这一闹，又给祁承宗惹出了一场意外事件……

郎桂才终于打听到前往祁承宗说的祖居地——广西金州城的路径。于是，他和祁承宗雇了一辆牛车，准备明天早饭后启程。

“祁先生我就送你过广西界，广西尚未沦陷，还是国军管辖，我看就不怕了，你说送到什么地方好呢？过了山界便是广西桂玉岐竹村了……”郎桂才征求祁承宗的意见。

“哇！那不必了，郎老板你快快回去做生意吧！你雇了牛车给我，我自己走行了，但不知过广西界到那什么村？”

“桂玉岐竹村。”郎桂才答道。

“有多少路程？”

“八铺！”

“八铺是多少？”祁承宗不知什么叫“八铺”。

“八十里呀！我们湖南说一铺是十里。”

“噢！八铺，八铺……”祁承宗口里念念有词，“那好了，到了桂玉我就住下来慢慢打听吧。郎老板，感谢你一路护送，费神又费钱，都有些时日了，你还是快快返回去做生意吧！耽误你了……”

“哪里话，哪里话，祁先生你人生地不熟，无亲无故救了两村人。父亲交代我一定要护送，这才是要事，做生意赚几个钱算什么大事啊！你可是救了我们那两条村子几十条人命啊！先生……”郎桂才说着说着眼含热泪，“我们都不知如何感恩呢，你又不收钱财……”

“那不是什么大事，救人嘛，人之常情，我看今日就让我自个儿走吧！你快回快回……”

“这也好！来，这一点路费你就收下吧！”郎桂才说着掏出一个小小黑布袋，袋里有五十个大洋。

“那不行，路费我这里还有……”祁承宗推了又推。

“先生……”这时门外响起店老板的声音。

“老板？有事吗？我们都结清房租了……”郎桂才走到店老板面前拦着。

“没事没事，只是这两位老板请先生治病……”

忽然从老板身后走过两位客人，一高一矮，高的那位戴帽穿长衫，矮的那个头戴草帽，一身黑衣，腰缠白色带。

那高个子先生上前作揖道：“今天我们在山神庙见到先生忠肝义胆，揭穿那个江湖骗子，足见先生一定是医生，我家老父身患重病卧床不起，望先生移步诊治……”这人高个子，国字脸，卧蚕眉，高鼻梁，大耳朵，是文是武，无从猜测。

“先生高姓？”祁承宗问。

“小姓方，广西桂玉城人氏！”高个子答道；

“桂玉城？什么地方？”

“桂玉城……”

“正是路经之地……”郎桂才说。

“怎么？你们要去广西桂玉城？”高个子问。

“是啊，先生，我祖居是广西金州城金岭集，老祖早先四处行医，几代人未回祖居啊！我们要从桂玉城转汽车……”

“巧了巧了，天赐良机，我们家就在桂玉城，顺路顺路……”高个子欣喜地说。

“如此凑巧？”郎桂才疑惑地问。

“不信你看良民证。”高个子掏出一张有印有日本太阳旗的良民证。

祁承宗接过看了看问：“广西沦陷了？”

“没有啊！”

“那你这良民证……”

“我们要过湖南界这边，想从这里去城里买药，便在湖南买了这张良民证。家父病重，我们兄弟四人分头往南宁、衡州各处延医买药，我就近过湖南这边……”

“噢！那我们也算老乡了……”祁承宗上前拉了拉高个子的手。

“那，先生你……”客人问。

“祖居广西，既是同乡顺路，我就走一趟吧！”祁承宗眼见来人诚恳亲切，良民证乡址确实，他便决定来个顺水人情，到桂玉城一行，便对郎老板说：“郎老板我顺路了，你就回吧。”

“不行，我牛车已雇好，还是要伴你一行……”郎老板是个生意人，心里多了一个顾虑，他决定用牛车送他们。

“也好！这位是？”方先生问。

“郎桂才，祁先生的伙伴。”郎桂才上前自我介绍道。

“噢！”方先生看到郎桂才腰缠钢鞭，“明白了，明白了！”他心中明白，这是个医生的保镖，同样一表人才。

“那太好了，同行同行，我们也有一辆牛车，同行同行。”方先生热情地说。

祁承宗见状也颇放心，他们眼见郎老板身缠钢鞭，尚敢应允同行，他心中疑云顿消，觉得应该没有什么风险了。于是他们四人乘了两辆牛车，方先生的牛车在前引路，郎桂才的牛车紧跟其后，沿着湘桂交界的山路一路向西……

「第二十一章　深山施药救伤员」

真的是老牛拉破车，从早晨到黄昏，这两辆老牛车才慢吞吞地来到桂玉城郊。走在前头的方先生却不走向城门，在离城门一里多路处走上一条小泥路，走向远处的山坡。

“方先生！如何不进城门？”祁承宗疑惑地问道。

“噢！先生，我家不住在城里，就在这城郊山坡旁的竹林子村。看，就是前面山下的那个村子。”方先生用牛鞭指着远处山坡下小山村。

黄昏才进村。方先生领着大伙穿过村中的石板小巷，走村后的小山，爬上山坡，走进小树林中，走着走着，却见密密麻麻的树林中有一排砖瓦屋。方先生带着祁承宗进了这排屋，最中间那一间是大屋。郎桂才寸步不离，紧紧跟在祁承宗身后，在此人生地不熟之处，生死祸福未卜，郎桂才手按腰间钢鞭，随时准备应付万一。

进门一看，是一个厅，厅两侧各有一间房，房子虽然老旧潮湿，却也干净利落，中厅只有一方八仙桌，几条长椅，四张方凳，并无杂物。

“先生稍坐一会儿，你们喝茶，我们准备吃饭。”方先生说话间走出门去。

过了大约一刻钟，忽然门开处，有两人端着饭菜走了进来，方先生陪着他们吃饭。

饭后，方先生说：“祁先生，实不相瞒，我们今天去看那个卖药江湖佬，实是想看看此人是否高明医师，可请他到这里为我们亲人治伤……”

“治伤？不是你父亲染重病吗？”祁承宗一听，瞪大眼睛问。

“是亲人，比父亲还亲的亲人，伤情危重，闲话短说，请先生移步到那边看看……”方先生恳求的语气。

“那好，救人要紧……”祁承宗说着站起来。郎桂才帮他取过小背篓和黑布袋。

“郎先生你便在此歇息吧！”方先生说。

“我不能离开先生。”郎桂才大声说。

“那好那好！”方先生眼见郎桂才虎视眈眈，手按钢鞭，忙赔笑说。

方先生领头，一行三人走向厅的后面，后面有个后门，打开后门却见这后面还连着一座房子，房子下半部分埋在地下。他们沿着台阶走进小房子的地下室，地下室有两三丈见方，点着两盏船灯，挂在柱子上。房子角落里有一铺床，床上躺着一位病人。屋里潮湿，霉气很重，郎桂才掩着鼻子。祁承宗却急步走向病人，揭开被子，闻得一阵恶臭。

“哇，病人长疮化脓？”祁承宗举着油灯，揭开病人上衣一看，病人的上身胸部靠近肩膀处有一处正在流血水的伤口，他仔细一看：“枪伤，枪伤，先生你们是什么人？为什么有枪伤？”祁承宗想想，看来自己又误落军人的陷阱了。

“方先生，此人如此后生，并非你父亲，他不是病是枪伤，子弹还在体内，你……”祁承宗又气又急地问。

郎桂才拉出钢鞭，严阵以待。此时从上面走下两个便衣大汉，腰插驳壳手枪。

“你们干什么？回去，自己人……”方先生把那两个佩枪的便衣大汉喝了回去，然后赔着笑脸对着祁承宗说：“先生别误会，别动怒。实不相瞒，我们是八路军的湘桂边区支队除奸小分队。祁先生有所不知，我们之所以不进桂玉城，是因为十天前一支日军和伪军忽然从湖南衡州连夜奔袭，占领了桂玉城，八路军湘桂支队赶不及了，南宁的桂军也来不及了。我们小分队才三十多人，原来住在桂玉城警察局，日军未进攻之前，桂玉城警察局长柳向西与我们合作抗日，日本鬼子攻进了城，这个汉奸掉转枪口包围了我们。我们突围中牺牲了八位战友，这位战友是我们的队长韦光松，他为了掩护我们身负重伤，我们回头枪救他时又牺牲了一位战友。韦光松是我们的队长啊！先生求你救救他吧……”方先生说着泪流满面。

“政委别说了，别说了，一定要除掉那个汉奸……”负伤的韦光松队长喘息着说。

祁承宗听着听着，饱含热泪：“却原来是抗日英雄，误会，误会了……”

“我们，唉！”朗桂才把钢鞭扔到地上，抱拳说：“政委，我们……我们误会你们是土匪了。”

冰释了一场误会，祁承宗认真察看韦队长的伤口：“还好，没有伤及肺脏，只是误了些时日，子弹在体内发作化脓，要快快把子弹取出来……”

“用刀？”方政委问。

“不是的，用药。来，我的布袋……”他从郎桂才手里接过布袋，掏出一个竹筒，倒出一小撮黑色药粉，又从背后篓里抓出几株青草：“锤烂它。”他递给方政委。方政委立刻接过手，放进嘴里咀嚼了一会儿，吐了出来，然后又吐了一口青色口水。

“先生就这样吧！”

“政委你……”

“为了队长……”

祁承宗深受感动，方政委为了战友，不怕草药有毒。他又一次感动得热泪盈眶，迅速把药粉撒在草药上，用一块白纱布，敷在伤口上，留了一个小口子。

“警卫员！”方政委向楼上呼喊。

“到！”应声处走下一位英俊的小伙子。

“报告政委……”

“你在这里守护队长！”

“是！”

“好了，我们上去休息。”

“政委，我明天要上山采药，请派个人帮忙。”祁承宗边走边说。

“好！我陪你去……”方政委回过头答道。

一夜无话。翌日，天刚放亮，方政委带着警卫员匆忙前往分区参加紧急会议。祁承宗上山采药，只能由副队长龙福生领路了。韦队长的子弹头仍在体内，必须找两种对症草药，才能把子弹头一点一点地抽出体外。今天上午祁承宗再次用羊蹄草、金银花、蒲公英、救必应等草药处理伤口的化脓感染问题。昨天他给韦队长伤口敷的黑药粉是用透骨消、鬼见愁、九层塔、黑心姜、千斤拔等草药烘干制成的药粉。药粉只剩最后一次了，今天他必须上山采摘草药，加上祁氏家族传的独味单方药，才能抽拔出体内的金属异物。因此，无论如何，今天必须找到这种草药。

他们跋山涉水，直到黄昏时分才采集了草药。回到屋里，祁承宗急忙去看韦队长的伤口，伤口不再流血水了，于是他顾不得吃饭，跑到分队厨房开锅炒药制药，那郎桂才也一步不离地跟在身边帮忙。半夜时分，药粉制好了，他转身要下楼去帮韦队长换药，却和一个黑影撞在一起，撞了一个趔趄。

"对不起，我刚回来听说你在制药，因此……"原来是方政委刚从分区连夜赶回小分队，"祁先生，韦队长的伤口……"

"伤口的化脓感染已经治住了，也止住了疼痛。现在主要是那个子弹头……"

"来不及了，祁先生我们马上要转移……"

"转移？"祁承宗一脸疑惑地望着方政委。

"日本鬼子要上山清剿，那个警察局长当了伪州长，出卖了我们的地址。昨天分区接到城内地下党情报，鬼子今天要上山了……"

"那，那……"

"不用怕，分区给了三匹马在山前等我们，现在必须连夜走山路转移……"

"有这么急吗？"郎桂才急问。

"对，急，十万火急，鬼子已经运来钢炮……"

"那，韦队长……"

"用担架抬，如果能上马背更好，连夜出发……"

"鬼子在城头，万一发现我们……"祁承宗有些害怕。

"不！我们不走那个方向，走相反方向，山那头还不是敌占区。"

"转到什么地方？"郎桂才问。

"湘桂分区根据地，在大山树林中……"

"什么村？"

"吉田。"

"吉田？"

“吉田，在一片大山森林中……”方政委回头喊道。

“警卫员，你们快快把韦队长背到村口担架上。还有那两挺机枪用马驮，留一匹马让祁先生用……”

“我，我不骑马，不会骑，走路……”祁承宗没有骑过马，再说二十多人，三匹马，我怎么可以特殊呢？

“那！委屈你了，郎先生骑马吗？”方政委转头问郎桂才。

“那不折煞了我吗？我一个练武的人，还怕夜走山路？放心，政委，快快动身。”

一夜间，湘桂边区除奸小分队和祁承宗们一起，无声无息地消失在黑夜的大山之中，走在崎岖的山道上，一直向西而去……

天亮了，他们走在林荫小道上。晌午时分，走进一个隘口，两旁有两座石崖，石崖很陡，笔直地插入云中，隘口上有四位全副武装的战士把守着。再往前走是一道陡坡，沿着石阶一级一级往上登，大约登了一百多级石阶，这才登到山顶，山顶上有十几位战士架着机枪守卫，过了山顶又要下山了。

“哇！好宽阔的田园啊！”祁承宗放眼望去，惊叹道。

“是吉田，这里有万多亩良田。吉田隐在重重高山之中，我们出山有八个路口，山上，田里有二十多个大大小小的村庄，称为‘解放区’。任何敌人不敢越这雷地半步，军分区领导机关、支队司令部、兵工厂都在此山中……”方政委边走边介绍着。

走下山坡，走进一片树林之中，密密麻麻的树林，有松树、枫树、板栗树……太多了，数不清，说不出名的树木，地上有尺多厚树叶铺着，走起路来软绵绵的。走出这片树林，眼前一亮，却见一排排木头房子，全是用木头作墙，屋顶盖青瓦。

“这深山老林的，青瓦从何而来？”祁承宗问。

“山下田垌里烧的啊！山里各个小山村都有人烧瓦……”方政委解释说。

“哇！真是世外桃源……”郎桂才惊叹道。

“你还没有看见真正的吉田呢！再往下走，你会大开眼界的……”方政委说道。

走出小树林，从那几排房子前面下山，山道两旁密布着丛林，他们走在林荫小道上。

“那是什么？”祁承宗举头一看，头顶上有一片汪汪的白水……

“那是天湖瀑布，有百多亩宽，它集各处山林的山水，再往下流，流进万亩吉田，这天湖便是吉田的生命……”方政委说道。

“爬上去看看……”郎桂才有些好奇。

“今天爬不上去了，天黑都到不了，改天吧！”方政委拍了拍郎桂才的肩膀。

晌午过后，小分队一行来到分区安排的住处——翠竹园。翠竹园名副其实，这里山连山，处处是竹林，翠绿喜人。进入翠竹园，绕过两片竹林，走到山溪旁，在山溪旁的竹林里，有十几排竹屋。所谓竹屋，即屋全部用茅竹建成，屋顶、墙壁、地上全部用竹搭建而成，真可谓：人在竹的天地间。

“太奇了……”祁承宗不胜感叹。

“还有呢！今天没有时间了，明天我带你去看万亩吉田，给你讲吉田的历史……”方政委发现祁承宗饶有兴趣，觉得他的第一步计划实现了。无论如何，分区十分需要“神医”。

吃饭了，吃山珍，什么山珍？竹笋，这是城里吃不到的竹笋炖鸡、黄猄炆笋牙。

祁承宗叹道：“真是山珍，山珍。”

“这才是靠竹吃竹啊！”郎桂才笑着说。

“对！人间仙山，仙山！”

“不是，是吉田万亩……”方政委纠正说。

“噢！吉田吉田，那个韦队长呢？”祁承宗忽然想起伤员韦队长，“怎么一天都不见他？”

“韦队长就在这里，现在房间里休息，警卫员已经给他送饭去了。”方政委一边给祁承宗盛饭一边说。

“那，那不行的，快带我去换药，都一天没换药了……”祁承宗想起一天没给韦队长换药，急忙说道，“那伤口会反复化脓的……”说着放下了筷子，站立起来又说：“会前功尽弃的。”

“这么严重啊！快快，快走！”方政委急忙站立起来。

方政委领着祁承宗走向第二排瓦房，在茂密的竹林中，出现一座独立的房子，房子一厅两房，厅上挂满纱布。

“这是……”

“这里是我们分队的卫生站。”方政委边走边说。

“韦队长在这边，老韦，老韦。”方政委走进右侧一间大房子呼喊着。

“哎啊！政委……”韦队长艰难地撑起半边身子。

“别，别，睡下睡下，别动，你那伤口会爆裂的。”祁承宗忙上前按着韦队长。“疼吗？都一天没有换药了。”说着他转向方政委，“给我弄一盆温开水。”

“好！”方政委转身离去，少顷，警卫员提着一个行军壶走上来。

“先生，温水……”

“好！放这里，再给点棉花。”

“来了！”忽然，方政委从警卫员身后挤了上来，“我早准备好了。”原来方政委听说祁承宗要温水，一定是消毒清洗伤口，他便走进左边治疗室要了一块棉花。

祁承宗接过棉花，浸泡上温水，轻轻地替韦队长洗伤口，洗净伤口上的残渣，“好多了！不疼了吧！”祁承宗边洗边问。

“不疼了，真的！”韦队长感激地答道。

“哇！看见子弹头了，快了，方政委，你们分区这里有医院吗？”

“分区有个卫生队，两位医生，十几个护士，离这里有十里路，在天湖那个方向。”

“本来应该送医院或卫生队用手术刀划开伤口剔除腐肉，用镊子把子弹头钳出来，现在子弹头让草药抽出个头来了……”祁承宗边消毒边说。

“我们卫生室有……”门外响过一阵银铃声，原来卫生室有一名叫竹香的医士，从分区卫生队临时调过来的。

“竹香，你回来了？”方政委问。

“是啊！我从分区卫生队领了些药物，有棉花、绷带、纱布……”

“有消炎方面的吗？”方政委急问。

“没有……”医士竹香站在门口低着头，满脸通红地又说，“我都给院长叩头了，院长说真的没有……”

“那盘尼西林呢？”

“院长给了我们两支……”

“就两支？”方政委有些恼怒，“上次我们小分队给他们弄的那批呢？”

“院长说大都让分区调走了……”

“调哪里去了？”

“总部医院缺……”小医士嗫嗫地说着。

“唉！他娘的日本鬼子封锁，国民党也封锁，还说什么国共合作，可恶！我们多少负伤战士因为缺医而死去！”韦队长的拳头重重地砸在床上。

“那你还呆在那里干什么？快快上来帮帮祁医生。”

“祁医生？”竹香惊疑地，“分区给我们调来了医生？”

“哪有，我请来的神医。快帮忙！”方政委用命令的口吻说。

医士竹香拿过手术刀、钳子，轻轻地划开韦队长那个伤口，一颗金色子弹头露出一大半。

“慢，你先把子弹旁边的腐肉一点一点拨开，松开子弹头，不能硬拔，没有麻药病人很难顶的……”祁承宗阻止了青年女医士的鲁莽。

“噢！噢！”竹香一头汗珠儿。

半个小时过去了，终于取出弹头，竹香给伤口消毒，祁承宗给伤口敷上草药制的药粉，包扎好。

“好了，很快，伤口很快会痊愈。”

“给韦队长打一针吧！”方政委指着女医士说。

“这……”竹香圆圆的脸庞羞得通红。

“报告政委，伤口不发炎了。”

“我让你打你就打！”方政委吼了一声。

“老方！别打了，就两支，我这里有祁先生……”韦队长轻轻地说，“别吓着小姑娘嘛！”

“祁先生你看呢？”

“姑娘说得对，伤口已经不发炎化脓，异物已经取出，用我的药就可以了，不必再打针……”祁承宗认真地看着方政委说。

“噢……”方政委听了祁承宗的话，只可作罢。

“先生啊！我们真的缺医少药又缺人才。战士们都下决心早日赶走日本鬼子，还我河山，还我自由，可是这日本鬼子还在我们国家四处烧杀抢掠，封锁……”方政委无奈地摇了摇头说。

“我们只有拿起武器，把他们赶出去！”许久不作声的郎桂才按着腰间的钢鞭，大声说。

“先生，快快吃饭去吧……”方政委拉着祁承宗走出了卫生室。

这一夜睡得很安宁，也许昨天走了一天的路，累了，也许到了根据地，心头踏实了。他们一直睡到日上三竿，直到阳光从婆娑的竹林里射过一个个鸡蛋影，这才醒来……

吃过早饭，方政委领着祁承宗前往分区卫生队，这是祁承宗的要求，也是方政委和军分区司令员的目的。这里太需要祁承宗这样的神医了。这漫山遍野森林中什么样的草药都有，所有中草药都是现成的，只怨你不认识，不会用，不懂其药性。倘若有了这位草药神医，这游击队、根据地还愁缺医少药么？他们一路走，一路聊着。

“为什么有吉田呢？深山老林中那些人会造就这么大一片的良田？”祁承宗百思莫解。

“这吉田说来话长，当年我们的队伍在日本鬼子清乡中，带着四个村的几百名老百姓撤入山林，走到此处，发现这里竟有大片良田，还分布着一些小山村，小山村三五成群，处在田垌中间的树林之中。山民知道我们是老百姓的队伍，便热情挽留我们。当时我也觉得奇怪，这个地方山高水长路陡，我们撤退时上山好像在上刀梯，是谁造就的这片良田呢？有个牛角寨的老人请我们进寨，老人叫牛为隆，七十多岁了，一头银发，胸前飘着尺多长的白胡子。他请我和老韦到他家里吃野生风栗，边吃边聊。他说，这片吉田距离那边湖南界有二百多里山路，距离桂玉城更有三百多里，是山中的一处壮阔的田垌小平原，四周都是高山森林，分别有上吉田、中吉田、下吉田和水平坑四大块，约有万多亩水田，我们分队驻在下吉田外缘，叫观田岭，现在我们走在下吉田区域，分区机关卫生队在中吉田那头，支队在上吉田。这里本是明代瑶、壮两个少数民族部落。大约在清朝乾隆年间，这里发生过大规模蝗灾，灾难降临，颗粒无收，这里的少数民族居民无奈啊！四处逃荒而去，大片森林里的巨树都纷纷凋敝，倒地腐烂了。这些腐烂树木和灌木与泉水混在一起腐烂着，经过百多年的沉积，形成了今天的原始地貌，自那以后，这万亩吉田从森林中生成，成了荒无人烟的地方，这里海拔2000多公尺，年平均温度15至19摄氏度，不超过20摄氏度，年降雨量在2000毫米上下，因此，所有山坡平地自然生长着巨型苔藓、观音竹、寄生兰、野生杜鹃花，五颜六色。几百年的自然林木植被混成一体，形成了这么一幅美丽、独特的自然吉田园。我们初来时，喝着山泉水，吃着树林中的野菜，采摘野果，还有许多板栗、野水稻和野玉米。这里春天雨季很长，是花的世界，夏季却很凉爽，凉风习习，冬天轻风阵阵，有时也下点小雪，雪地里阳光点点。百多年间，吉田也有不安宁的时期，曾经有股土匪在这里火拼，各自占吉田为王。附近村民聚集上山打土匪，打跑土匪，他们上来耕山耕吉田，但是过了几年，那上山小路似刀梯，路途遥远，久之久之，村民渐渐放弃，这里便又恢复了宁静。但是也有几十户村民，分别在上、中、下吉田各处树林里，搭屋落户，故形成了目前的各处田垌。树林里有二十几个小山村，这些村子很小，一般都是五户十户的小村子，自给自足……”

方政委和祁承宗、郎桂才一行兜兜转转，穿林海，过水坑，一路走着，聊着。晌午时分，他们走出了密林，眼前一亮，竟见一个宽阔的小平原，小平原上有一大片水田，中间有一道山溪，流水潺潺。他们沿着小溪，爬上一处山坡，走进一片茂密的树林，树林里有松树、栗子树、红豆杉和五叶松等，还有许多不认识的树。树木都很高大，古树处处，青草树叶铺地，走出杂树林是一处村落，村落的房子很规整，均是一排一排的砖房。

“到了，这是我们分区司令部……”方政委把两个手指放进嘴里，使劲吹了一个口哨。口哨声过后，从小树林里走出两位军人，身穿灰色衣服，戴着八角帽，右臂上有块牌子，牌子上有“八路”两个字，其中一位瘦高个子戴着眼镜走在前头，背着驳壳手枪的矮个子走在后头。

“欢迎欢迎！”戴眼镜的高瘦个子拍着巴掌迎上前。

“报告参谋长，这是祁医师……”方政委上前敬礼，并把祁承宗推到他面前。

“太好，太好了，祁医师，谢谢你治好我们的战友……”参谋长边说边上前和祁承宗紧紧地握手。

“应该的，应该的，你们在战场上打鬼子，为了老百姓，为了我们的国家……”祁承宗握着参谋长的手。

“怎么样？先到司令部？”参谋长问除奸小分队方政委。

“是！”方政委立正道。

“好！都过午了，先吃饭……”参谋长又吩咐警卫员，“你快回饭堂通知老柳。”

“是！”警卫员走了。

他们一行走向分区饭堂……

饭后，祁承宗急于去卫生队看看。

“参谋长，我们卫生队在哪？”

“卫生队？是不是先休息一会儿？”

“首长，卫生队有伤员吗？”

“有有有，几个伤员……”参谋长说。

“那快去看看。”祁承宗急不可待。

“那好，我们一起去看看。”参谋长对警卫员说，“打个电话给廖队长。”

“是！”警卫员去打电话。

卫生队在司令部后面的一个小村落里，原来是一个破旧的小村庄，村民不知什么时候都走了，留下这一处小村庄。村子前后有八幢房子，房子很旧，每幢房子都是两间房，没有什么厅堂。因此，伤员病人都分散住在各座小屋子里。

小村庄虽然老旧，但是排列有序，前三排，每排有八户，每户两房。中间有一块开阔地坪，地坪中央有一座大院子，大院子有前厅后厅四间房子，大院子后面还有三排房子，建筑格局整齐划一。卫生队长领着祁承宗走进前排房子看望伤员，伤员大都是枪伤和弹片伤，由于缺乏药物，尤其是缺少内服消炎药，有七八名伤员的伤口发炎化脓，正在发烧。

“先生啊，见笑了，我们这个卫生队有其名无其实，连消炎药都没有，伤员们备受煎熬……”卫生队廖队长痛苦地皱了皱眉头，用手抹去眼角的泪水。廖队长又矮又瘦，单眼皮，小眼睛，圆圆的脸庞。

有个伤员在哀号着：“给我一枪吧！队长我顶不住了……”这位年轻战士腹部受伤，伤口流着血水，疼得头上布满汗珠儿。

廖队长上前弯下腰抚摸着小战士的手：“同志，同志，别这样，我们正在想办法……”

祁承宗上前看了一看，然后解下小背篓，掏出一个竹筒：“有温开水吗？”

廖队长立即吩咐护士取过一盆温开水和棉花，祁承宗给小战士洗伤口，然后从竹筒中倒出小许黑色药粉，撒在那个伤口上：“请用棉花纱布把这里包扎……”祁承宗直起身子对廖队长说。

紧接着，他又从小背篓里掏出了一把青草药：“请队长用这个煲水，放五六碗水，有水壶吗？”

“有！”

“那好，煲半个小时，然后放一点点盐，装在热水壶里，每天喝三次，每次喝大半碗。可以止痛……”祁承宗仔细交代。

“好好……”廖队长接过草药。

“我来！”护士上前抢过手，“队长我来吧！你陪先生。”然后又在廖队长耳边语了一番。

廖队长微笑着点了点头。

祁承宗又巡视了几位伤员，给他们上药，吩咐护士给他们喝那药水。

……

参谋长要把祁承宗安排住在司令部。

“祁先生，我们回司令部吧！”

“不了，参谋长，我就住这里，就近做点事，减轻伤员们的痛苦。”

“这个……”参谋长犹豫着。

“参谋长，这样也好，请先生住大屋吧！我也住那里。”廖队长趁机想要留住这位神医，计划着如何偷师，那是护士耳语时吩咐他的。

“也好，你得好好照顾祁先生。”参谋长按了按廖队长的肩膀，又认真地说：“我把先生托付给你，出差错我找你算账。”

“是是是，那么这位先生呢？”廖队长又转向郎桂才问。

“先生在哪里，我在哪里！”郎桂才说。

“请先生回去吧！你都这么久了，那铺子的生意……”祁承宗再三请郎桂才回湖南，“我这里现在安全了。”

“不去了，兵荒马乱，三天两关门。跟你出来一趟，开了眼界，我跟你了……”郎桂才决心当祁承宗的保镖兼徒弟了。

“请问郎先生故乡……”参谋长问。

“湖南娄岭集……”

“那可去不得了，那里都沦陷了！前些天，让日本鬼子占领了，伪军正在建炮楼，我们支队湘西大队昨天刚在那里炸掉两座日伪炮楼……”

“噢呀！我真的不知道，完了完了，不知乡村和我父亲……”

“如果是山区乡村还算平安，鬼子不敢进山……”参谋长接着又说，“我们有一个大队就潜伏在那大山中，随时准备袭击小日本鬼子的炮楼。”

“那，那还好！我这就不回去了，首长让我参加战斗吧！”郎材才把腰间的钢鞭解下，双手奉给参谋长。

参谋长推了回去：“不！这是你的武器，你留着……”

“你们不收我？”

“哪里，你先到分区警卫连，明天我派人来接你。祁先生的安全，我另派两名警卫战士……”

“不用，首长我不是官……”祁承宗忙摇着双手说。

“参谋长，派一位就可以了，我算一个。”廖队长笑着说，这卫生队长老谋深算。

……

翌日天刚放亮，祁承宗收拾了小背篓，然后走向廖队长的房间。

“廖队长起床了吗？”

房子里没有回应。

“廖队长……”

“在这呢！”廖队长捧着一个托盘，托盘里有馒头稀饭，警卫员在后面提着一个瓦壶。

“吃早饭，先生……”原来廖队长和警卫员去司令部饭堂为祁承宗取早餐，他早已知道祁先生要上山……

吃完早饭，太阳已经升起老高了。祁承宗和廖队长走在前头，警卫员背着一个竹篓走在后面，他们一行三人进树林，下山坑，攀石壁，一路采药，采什么药呢？祁承宗一样一样教给廖队长。

“你看这些是消炎止痛的口服草药：羊蹄草，鸡血藤。还有，你看山坡上开着的小白花是野菊花，石岩旁攀爬着青藤开白花的是金银花，还有蒲公英，这些都是消炎止痛的主药。”

廖队长认真地听，一株一株地辨认。

“还有伤口外洗的要用这个钩藤，看，每个节都有钩，还有那银花藤、刘寄奴。敷伤口止痛消炎用的是三丫苦、两面针和鸡血藤，是这些啊，你看，满山遍岭都有。太好了，这吉田、树林、山坡和沟边，到处长满了药材，真是一座大药库啊！队长你还愁没有药……”祁承宗抬起头来，望着树林，感叹着。

“不过你要有一个制作中草药的专业护士……”

“对对对，我一定，一定，先生……”廖队长抱着祁承宗，感动得热泪盈眶，“我们的战友有救了……”

……

回到卫生队，已经天黑了，参谋长正和司令员鲁光山在卫生队等着他哩。

司令员戴着眼镜，中等身材，那么斯文怎么成了武将？祁承宗暗地思忖。

这时司令员走了上前，紧紧地握着祁承宗的手：“先生，你真是及时雨啊！”

祁承宗脸涨得通红，这么大的官握着他的手，分区司令，大官啊。

“长官……”祁承宗认真地立正喊道。

“哈哈哈，你还没有入伍啊，就学会立正报告了啊！先生啊，我们的队伍没有长官，只有同志……”司令员铿锵有力地说。

“我不想入伍，我在寻找祖居乡里。”

“祖居？乡里？何方？”

“广西金州城金岭集……”

“金岭集，十万大山下那个金岭集？”司令员摘下眼镜，用衣袖擦去雾水问。

“是啊！你去过？”

“那个地方可去不得，日本鬼子占领了那山中金矿，金岭集的碉堡炮楼林立，八路军攻打三回了都拿不下来。那是沦陷区啊！”

“那那那……”祁承宗迷惘了。

“等我们赶走了日本鬼子，一起去！”参谋长插上一句。

“对！打走日本鬼子一起去！”司令员戴上眼镜，说着又转向廖队长。“廖队长你怎么安排先生住处？”

“报告司令员，住大房子，队部。”

“那也可以，你满意吗？”司令员问祁承宗。

“满意满意……”祁承宗受宠若惊。

“走，我们看看去……”司令员热情地拉着祁承宗的手，走向那座大屋。

司令员认真地看了看祁承宗的房子被子：“警卫员，把我那张毛毡拿来铺上，这房子太潮了！”

“是！”

“不可，不可，司令员……”祁承宗拦住了警卫员。

“快去！”司令员挥了挥手。

警卫员冲了出去，祁承宗无奈。

“这房间怎么锁着？”司令员发现后厅有一个房门比别的房门大许多，却锁着。

“报告首长，这房间一直锁着，我们搬进来就这样，不敢动。”廖队长忙答道。

“打开看看……”司令员说。

“没有锁匙……”

“我看看……”司令员上前摸了摸长锈的铁锁，拉了几下，锁头竟自动脱落了，其实这铁锁早已锈坏了。

司令员推开门，一股霉味扑面而来，司令员后退了一步。

参谋长、廖队长、祁承宗都跟在司令员后面，屋里很暗。

“有电筒吗？”司令员问。

“有。”廖队长忙回房间取了一把手电筒，还拿了一盏风雨灯。

屋子亮了，四处挂满灰尘蜘蛛网。屋子的三面墙都立着木架子，木架子堆着一堆堆、一层层枯黄的杂草树枝，祁承宗上前看了又看。

“全是草药，有年头了……”祁承宗自言自语。

“为什么这屋子全堆着草药？”司令员惊愕地问。

“是啊！全是治病的草药，这大山之中，从前也有草药医生吗？”祁承宗手指一大堆干草药说道。

“那个年代，这大山里的山民也只能靠民间草药医生了啊！”司令员拿起一抓草药说。

“唉！”祁承宗禁不住长叹一声。

「第二十二章　震惊的发现」

“这是什么？”廖队长无意间抖落了木架子顶层的一堆药草，一个上了锁的铁盒子出现在大家眼前，盒子上积满了灰尘，锁也生了锈，仿佛在诉说着岁月的沧桑。

眼疾手快的司令员已经拿下了铁盒，“哐哐哐”用石块砸开了锁。大伙都凑上来，只见盒子里放着一个荷包，荷包上绣着一只黄色的芒果，栩栩如生，只是已经褪色，隐约可见其当年风采。

“啊，芒果，黄色。这是我母亲绣的啊！”祁承宗的念头在心里一闪而过。

“慢！”廖队长正要打开荷包，祁承宗忽然制止道。

众人都疑惑地望着他。

只见他从自己口袋里掏出一个荷包，荷包上绣着一个“祁”字，那绣工和眼前荷包上的绣工，如出一人，同样的娟秀，同样的细密。

“这……”众人不解。

“我母亲叫邓香芒，‘芒果’的‘芒’，如果没猜错的话，这个荷包很可能是我父亲的……”祁承宗把铁盒里的荷包捧起来，抱在胸前，悲伤地说。

“令尊……”

“我父亲叫祁先达，也是个草药医生。当年在集市上被抓了壮丁，从此杳无音信……”

“那么看来，令尊曾在这个村子里待过……”司令员猜测。

“那是肯定的，等下我去村民中间打听一下就知道了。”廖队长说。

“先看看荷包里有什么东西……”参谋长说。

“对，对对！”大家这才醒悟过来。祁承宗小心翼翼地打开荷包，里面却只有两张纸，分别折叠得四四方方的。打开其中一张，上面密密麻麻罗列了药方和医药心得，全是奇难杂症；另一张打开来，是一封信，只有寥寥数行字：

草民祁先达，误入行伍，后战败脱逃，流落此地。余籍家传药学行走一世，如今远离妻儿，孤苦求生于此，不知未来何如。望捡拾此信者，将之交于吾儿祁承宗。见字如面，劝吾儿勿再行医，切记切记！

祁承宗小声地念着，愈念愈感觉悲痛，声音哽咽起来，最后泣不成声。信的下面是一行红色的地址，正是祁承宗的母亲和妻子所居住的集山镇。

“哇，这地址是红色的！”参谋长忽然大叫起来。

“那，那是父亲用血所写……”祁承宗悲痛至极。

……

翌日，廖队长带着祁承宗到村子里打听祁先达的下落。

“好人哪！”

“先生好人，是这个！”村民们纷纷举起大拇指说。

“那，先生人在何处？”

“那一年，村子里突发瘟病，眼看着一天天地死人啊。祁先生为了救大家，研制出一个新药方，然后以身试毒，自己……”一位老者泣不成声。

“怎么了？他怎么了？”祁承宗着急地问。

“先生毒发身亡，去世了。唉，好人哪！”另一个村民接着说。

“先生临死前，硬撑着告诉大家，用他所服的四成药剂量就能治好瘟病了。先生为了尽快医好大家，硬是用了十成的药剂量啊！”老者抹着眼泪。

“父亲哪！你何苦……”祁承宗跪倒在地，痛哭失声。

村民们领着祁承宗去拜祭祁先达，周边几个村子的村民们，都闻讯前来，凭吊他们心中的救命医生。黑压压的人群，络绎不绝地赶过来，一时间站满了祁先达墓前的空地……

“那，后来你爷爷祁承宗呢？留下来为八路军行医了吗？”洪总问。

“因为有太公禁止行医的训诫，爷爷把那个队长的伤治好，并把草药医术传授给那里的医生和护士之后，就走了。”祁石生说。

“去哪里了？继续寻祖居吗？”

“对，八路军廖队长派人帮助爷爷寻到了我们的祖居，并回到集山镇把太奶奶和奶奶接了过去，那时候我父亲已经八岁了。也就是说，我爷爷在路上流落了七八年。”

“战乱年代，不容易啊！”洪总感叹。

“是啊，后来我爷爷不再行医，专心教导我父亲读书写字，并把自己一路上的坎坷经历讲给父亲听，希望父亲能够吸取教训。”

“可惜了啊，可惜啦！”

“新中国成立后，父亲也长大了，他吸取祖上的教训，不再行医，凭着才学做了一名人民教师。”祁石生说。

“那也不错！教书育人，功在千秋啊！”洪总赞叹道。

“唉，谁知道遇上了‘文革’，那些红卫兵到处贴大字报，批斗老师啊。因为我爷爷曾给日本鬼子医过病，那时我爷爷已过世，这罪名就到了父亲头上。父亲被他们带走，活活批斗死了……”祁石生“呜呜”地哭起来。

“唉，冤啊，冤啊。”洪总也抹起了眼泪。

“父亲在临死前，把这个‘世世代代禁行医’的牌子留给了我……”祁石生从怀里摸出一块小铜牌，黯然地说。

“所以，后来你们家就不再行医了？”洪总问。

“嗯，我就带着妻儿来潮汕打工了……”

“缘分啊！真是缘分！如果不是你来潮汕，我们就不会认识啊，这样你也不会阴错阳差地医好我的毒瘤啊。”洪总感慨万分。

“不，洪总，是你从大火中救出了我们一家人啊！我感谢你都来不及……”祁石生紧紧地握住洪总的手。

看着眼前这个善良、厚道的药王世家后人，洪水生心里有了主意。